后浪出版公司

王陌书 —— 著

幽火备忘录

四川文艺出版社

自序

　　原则上作者想要表达的已经在小说里表达完了，若自序是小说的补充，那说明这种小说本身有着需要辅助来弥补的缺陷。自序更多的是一种总结性的感慨，一种情感抒发，揭示虚构下的真实一角。在这种情况下，叙述作者的意图大于叙述作品，像是舞台的幕后工作者试图走到台前。

　　（我走到台前）大约七年前，我十五岁的时候，认为对于自己与世界的关系有了结论，决定想要成为一个作家，通过笔消除真实与虚假的边界，并且认为自己的人生没有除此之外的其他可能性。一个消极而且偏执的少年，热衷于意识流动的幻想，以旁观者的视角审视一切，试图把自身从现实中剥离开来。坚固的决心包裹了脆弱的灵魂，那是一种伪装，伪装出无论做什么都可以赌上一切的姿态，视二十岁为一种终结，可二十岁到来之后却发现那只是一个开始。一个天真、仓促而且盲目的决定，七年之后的现在，二十二岁的我依旧在写作，不过满是困惑和迟疑，原有的强烈诉求在时间浸泡下已经模糊。再过七年，二十九岁的我也许依旧在写作，也依旧满是困惑和迟疑。

　　在这个漫长的过程中，写过的那些小说像时间轴上的切片，记录下我思考深处自己都未察觉的变化，《幽灵备忘录》是其中让我感到纠结的一部。作为一部超现实的结构性小说，架空的时代背景，跟所在现实缺乏关联的人物，似乎是刻意给读者设置一层陌生的缺乏代入感的隔阂，虽然那并非我的本意。我并不是那种试图将个人思维强加于读者的作者，在这部小说中，我希望在对折式的结构下呈现一种数学般的对称，以"伪小说"之名书写一种小说。在纸面上搭建一种维度的空间，读者可以自由进出，判断是否可以找到自己想要的东西。

小说初稿完成于 2017 年，但是在 2019 年我又进行了很大程度的删改，最终定型于 2019 年 10 月。这种时间间隔让我感到异常微妙，相隔甚远的时间折叠在一起，不同状况下心境的对照产生了一种黑色幽默。由于各种因素，对部分内容和章节标题做出调整，小说的面貌一定程度上变了，又有什么关系呢，这不正是因为我也变了吗？要形容对此的感觉只能说是麻木，因为一面妥协一面愤慨是矛盾的（一种我认输但是我没有低头的姿态），如果真的愤慨就不应该妥协，已经妥协就说明没有那么愤慨，这样反证只会得出自己虚伪的结论。

小说可以是单纯地记录现实，也可以是单纯地颠覆现实，原本矛盾的事情在小说中并不矛盾。可人总是会将自己的倾向强加于小说，认为小说应该是怎样的，就像认为正方形是怎样的，有明确的边、角与对称的结构，如果不符合标准就是失败的异类。然而小说本身并没有那么明确的定义，它是一种容器，可以容纳所有的想法，雅与俗、对与错、左与右……一切相对立的思想都可以被包括在内。不同读者群体的倾向把它们分割成不同的类型与主义，而它们又有着本质上相同的起源。所以在谈论文学的时候，我都会尽量避免从俯瞰的视角用空泛的观点概括整体，我更乐于在某种前提下对具体的文本进行剖析，无意谈论文学在当代具有怎样的使命，和人类命运有着怎样不可割舍的精神联结，提出因为什么的原因，得出所以什么的结果，那是将文学奉上神坛抹上油膏，建立一种情感重于理性的宗教。我是性格冷淡甚至冷酷的作者，能做的仅仅是写而已，在生与死之间，在过去与未来之间，在真实与虚假之间，通过写作去证实自己卑微的存在。

（停顿一分钟，留下某种空白，然后继续）

想想还有什么要补充的，强调或抒发什么，可实际上已经无话可说，所以陷入思绪上的停顿。对于早已经写完的作品没必要投映太多当下的感受，很多事情在开始之前就已经结束了。期待和悲观都是没有必要的，某种意义上，思考更多的问题是在制造更多解决不了的烦恼，语言是乏力的东西。那么，各位——请穿过这篇絮絮叨叨的内容空洞的自序进入小说吧（可能现况就是不明所以然，所以想说些不明所以然的东西），仿佛可以听见周围不耐烦的嘘声，仿佛可以看见渐渐吞噬我的目光，很明显我应该退场，把接下来的时间交给读者您了。（关门声，渐远的脚步声，绳索勒紧声）

2019.11.26 星期二

目 录

伪侦探小说 一

　　一切刚刚开始，他仍在沉眠，与外部世界中断了联系，就像是拔掉了插头的电器。他的睡眠处于缓慢的动态中，可以比较前一刻与后一刻的区别，虽然差异很是细微。睡着的似乎不只是他，还包括家具在内的其他所有事物——仿佛有遥控器对这一切按下了暂停键。他将会在不久后醒来，现在继续等待，等待他睁开狐疑的眼睛，伸出舌头舔舐下唇，然后脱掉黑色夹克以及黑色长裤——是的，出于警惕的习惯他在睡眠中也没有脱掉外套。然后拉开狭窄的衣柜，随便取出另一套黑色夹克和黑色长裤换上，面对新的一天。

　　现在他保持正面朝上的标准姿势，手只要稍微伸出就可以拿到枕边已经装了一发子弹的，只是没有扣下撞针的左轮手枪。只有几件陈设的房间非常简洁，简洁得接近于监狱的囚室，他是唯一引人注目的存在。

　　从左往右，以一点为轴心保持匀速三百六十度旋转，以专业精神审视一切。可以注意到穿外套睡觉的男人，可以随时握住手枪的男人，跟房门和窗户两个逃生出口保持等距的男人……他是这里唯一值得注意的存在，从右往左，沿相反方向重复一遍也会得出同样的结论。一切都沁入了香烟味，那掩盖了他本身的气味，或者说他本身的气味跟香烟的气味相同。他没有翻来覆去的习惯，相当克制的睡眠使他看上去像是一具安详的尸体。

　　一小时后，世界彼端的海岬上再次迎来一波灰白色海浪的冲击，企鹅在上面登陆。而在他的房间里，他认为自己已经醒来半个小时，刚刚想起了自己的名字——卢鱼。他处于相当不稳定的状态，目光空洞，直到他单手握住左轮手枪并且扣下扳机，等子弹把一只蜘蛛钉在墙壁上才稳定下来，一支接一支地抽烟。

　　他也想起了自己的身份——一名侦探。

　　跟从睡眠中醒来的女人不同，他可以很快地适应环境，进入状态。他的卧室位于侦探事务所内部，他首先做的就是去事务所外面将"休息时间"的告示牌翻转，换到"工作时间"那一面。他注意到外面的工地上到处残留着的污雪，可并不关心。现在是二十世纪的下半叶，春天，温度为3℃～5℃的某日。

　　在狭窄的办公室里他打开档案柜，面对醒来后的第一个选择，也就是第一个人生分岔口。人生由无数选择构成，选择了此就意味着放弃了彼，当遭遇到自身错误导致的悲剧性结局，人总是会追溯到第一个选择，假设当初选择了没有选择的那条道路会怎么样，可实际上另一条道路可能也通往另一个悲剧性结局。

　　档案柜里是各种委托资料——其中有一份奇怪的委

托，他记得自接手后就没有处理。类似于想要将窗外阻挡视线的杨树锯掉的人，总是由于这样或者那样的理由一拖再拖，不是很重要的事情又没有下很大的决心，最终在不知不觉间适应了阻挡视线的树木的存在。很多时候，人就是这样适应了自己讨厌的汽车、自己讨厌的工作、自己讨厌的配偶。卢鱼也是这样适应了有一份委托没去处理的生活。关于那个委托人，在他的印象里，他记得那个委托人在下雨的傍晚来到这里，是个戴眼镜的男人。或者在炎热的上午来到这里，是个戴帽子的女人。也有可能在飘雪的清晨来到这里，是个穿中性服装看不出性别的双性人……

委托人的身份以及出现时间都是次要的，所以在他的记忆中是什么形象都可以。那个人委托他去调查一个二十五岁左右的女人，她是单眼皮，困惑时有抚摸耳垂的习惯。除了这些之外，资料上没有她的姓名，没有她的电话，没有她的地址，只有一张一寸肖像。委托人没有明说他得通过想象力完善资料，但是委托人这样暗示了。支付定金时委托人说只要在愿意去调查的时候调查就可以，而且结果没必要汇报——他也没有说明寻找那个女人的动机。

在这种情况下，这份莫名其妙的委托跟地下室里蒙尘的杂物一样，偶尔想到去整理，可又很快不了了之。很久没有射击的猎人需要开枪射杀动物来重新熟悉自己的过去，很久没有破案的侦探也需要解开某个谜团来重新熟悉自己的过去，他面临选择，是去调查那个女人的真实身份，还是去其他地方寻找谜团。

没有理由，他只能选择后者，很多出现在他面前的选择只是为了让他感到自己有选择的权利，但实际上没有。

电话答录机的灯一闪一闪，显示有人留言，看了看号码以后卢鱼并没有按下按键去听。那是他以前同事的号码，一个神经兮兮的巡警，外号是卡夫卡，一个在捷克语中意为"乌鸦"的作家名字。即便是辞职开侦探事务所以后，他还是保持着和警方的合作关系。毕竟许多问题警方不想直接出面，通过侦探这种中间人，能够用一些不怎么合法的手段进行调查，出事也容易撇清责任。

他跟卡夫卡关系不错，经常一起喝酒。但是相较于朋友关系，他们更像是同谋关系，都相信对方可以掩饰自己的问题。当然，总是会出现对同一事物产生不同看法的分歧。他们通常争论的是——

患有食道癌的男人有一条患有食道癌的雪橇犬，男人先将雪橇犬送去安乐死，再将自己送去安乐死，这样的顺序是否需要调换？

一艘船从A港出发，航程中全部的零件——每一块木板、每一枚螺丝钉、每一片帆布都被替换过，当船抵达B港时，船还是出发时那条船吗？

一个人类的身体百分之五十以上的器官被替换成机械配件，那么他是人还是机器人？

当然，绝大多数时候他们的争论都不会产生结果，只会产生沉默。一罐啤酒就可以让话题转移，他们都不觉得有值得捍卫的立场。

在外出以前，他找出了所有可以吃的东西，从蒜头到饼干到番茄酱，感觉上他比老鼠还不挑剔食物。他从档案柜里找出一盒磁带，他没有一边吃东西一边听音乐的习惯，可是有一边吃东西一边听犯罪嫌疑人录音的习惯。

"嘶……嘶，怪异的风，崎岖的道路，呼唤白鸽的乌鸦，人们抬起棺木簇拥着前行，那是我的葬礼……"

（快进键，及磁带旋转声）

"……人偶在人群中寻找自己遗失的零件，我的忌日也是我的生日，来，别介意脱落的青苔，请进入我的坟墓做客，十二只白蜡烛正在流泪，他们凝视着我腐烂的笑靥上，正在举行盛宴的爬虫……"

（快进键，及磁带旋转声）

"我憎恨斑马，我憎恨有三脚插头的微波炉，我憎恨凡·高的油画，我憎恨电视剧剧集之间的厨具广告……我爱慢慢靠近的地铁列车……"

（倒退键，及磁带旋转声）

"我憎恨斑马，我憎恨有三脚插头的微波炉……"重新听一遍自己感兴趣的部分后，卢鱼继续咀嚼饼干，他在听企图伪装成精神病的杀人犯的录音，杀人犯想通过这种方式逃脱制裁，但是并没有注意到其实自己的胡言乱语也相当有逻辑。卢鱼用食指抵住太阳穴："要是太阳穴是人体的OFF键该有多好，一按下去思考引发的烦恼就会停止。"

卢鱼倒是觉得——这个杀人犯伪装的不是精神病患者而是诗人，虽然在普通人眼里二者没有区别。他凝视着没有拉上窗帘的窗户，上面出现一根正一点点下放的绳索，然后出现一个顺着绳索往下爬的穿制服的男人，对方貌似空调修理工，在短暂的面对面中朝着卢鱼挥动拿螺丝刀的手，并且面露微笑。但卢鱼没有任何反应，咀嚼完最后一点饼干后他按下收音机的OFF键，通过窗外男人的制服与挎包上的标志分属于两家互相对立的空调公司、窗外男人对绳索粗糙的打结方式、卢鱼楼上的人家并没有安装空调这几点，他判定对方是个伪装成空调修理工的小偷，而挎包里装的是赃物。

伪装成空调修理工的小偷在垂直下降的过程中，会依次出现在不同的窗户外面，也就是说卢鱼目击到的只是其中一个片段。如果卢鱼也依次出现在每一层楼房的窗户内部，以对方为参照物的两人，就会一直保持相对静止的状态。

即便是侦探也会有注意不到的盲区，已经准备开始推理生活的卢鱼没有注意到，侦探事务所里纤尘不染，甚至没有一张蜘蛛网，仿佛是空间本身感染了洁癖这一疾病。他拿起车钥匙走出门去，同时注视了一下档案柜里关于女人的那份资料，又马上将目光转移到外面苍白的天空上。如果他想要尝试一下谋杀的感觉，在小偷沿着绳子下降到更下一层时打开窗，用折叠刀割断绳索造成小偷直接坠落就好了，那样就可以凝视下面的血泊。只需要简单的处理，警方就会认为这属于对入室行窃的盗贼的自卫行为，可以轻而易举地脱罪，基本上没有被判刑的风险。

他也的确有这样的想法，但是只是众多想法之一，小偷在窗前的出现为他创造了醒来后的第二个选择题——无视小偷、逮捕小偷或者跟踪小偷。他是个缺乏正义感的侦探，他觉得自己也是个罪犯，对罪犯犯下罪行的罪犯，以恶制恶的冷酷角色。他选择了跟踪小偷，他将其视为一条线索，可以引导自己找到罪犯们交易的市场。他想要逛一逛有凶器出售的市场，欣赏已经犯下罪行与即将犯下罪行的人，跟女人逛商场欣赏名牌服装、珠宝或者化妆品的性质相同。

他很清楚自己可以从犯罪中获得跟破案一样的满足感，但一直克制自己，他是根据已经忘了初衷的惯性行动着的，他不喜欢回忆过去也不喜欢展望将来，只是相信现在的生物。在自己的二手汽车内等待了一会儿后，终于看到小偷驾驶的三轮车向前方行驶，当拉开相当远的距离后才踩下油门跟上，他热衷于透过车窗观察外部世界，这样可以节省时间。

一切都在可控范围内，不存在越界的风险。

井然有序的规律引导一切合理进行下去。在遥远的热带雨林，藤蔓似乎缠满整个天空，结出各种怪异的果实。时不时传出棕鸟的悲鸣，在丛林里视野没有像雪地那么开阔，要隐藏太容易要找到太难。一只头部呈盔状且有三个向前方伸出的角的变色龙在树叶里，尾巴蜷曲，可以360°转动的眼睛转动着，它由颗粒状圆点组成的皮肤呈浅绿色，很好地与周围融为一体，难以将其从中分辨出来。在落到地面以后，它的皮肤变为有白色斑点的黄褐色，跟散落的枯叶颜色相似。当它移动到遍布裂缝的而且长满白色苔藓的岩石上时，它又是深灰色的。这一系列变化都符合这种生物的特性，符合自然规律。而卢鱼就是行走于都市当中的变色龙，总是可以根据情况调整自己，他的生存原则就是没有原则。

在每个有红绿灯的路口都碰到了红灯，但是卢鱼跟小偷的相对距离并没有拉远。卢鱼还没有开始感到焦虑，没有怀念起红灯行绿灯停的年代，他非常平静地控制着汽车。当红灯转变为绿灯后，想要去处理掉偷来的赃物的小偷，有短暂的时间考虑将三轮车往左拐还是往右拐，往左拐是在接近名叫海盗湾的酒吧，而往右拐是在远离名叫海盗湾的酒吧。

因此他选择了往右拐，就现在而言这是个正确的决定。

卢鱼从一个地方到另一个地方需要动机，他相信这样能够让自己在冥冥之中走向自己期待的方向。小偷连续闯了三个红灯，于是卢鱼也连续闯了三个红灯。他经过了每隔一会儿就丢掉烟头的女嬉皮士；吃完饭后象征性地留下一枚硬币，正准备哼着小调离开的流氓；等着下一个讨债者出现就踢开螺丝有点松的折叠椅，好上吊自杀的破产者。经过这些会移动的路标，就可以找到最黑暗最无秩序的街区。

地图上看不到哪个酒吧可以买到大麻，哪个按摩中心可以找到提供性服务的女技师，哪个医院可以弄到来源非法的眼角膜。当轨道上一班生锈的老旧电车驶过后，小偷下了车，站在昨夜发生过斗殴的十字路口，卢鱼也在附近下车。出现在这里的人很可能是警方潜伏在黑帮中的卧底，或者是潜伏在警方卧底中的黑帮卧底，其中有一个既长得像梁朝伟也长得像刘德华。

这片充满可能性的区域里，充满了他感兴趣的事情，在这里每一件东西都可能是犯罪证据，每一个人都可能是罪犯或者证人。通过并非显而易见的顺序，可以看到一系列不同性质的反光物：涂有金色商标的首饰店橱窗，已经干涸的、只剩下枯萎绿藻的空鱼缸，打过蜡的汽车前盖板，掠过天空的飞鸟的眼睛……不同性质的反光物倒映出形形色色的人类活动，也扭曲了原本的现象，波动远比湖面的涟漪剧烈。

人类的眼睛也跟那些反光物一样，不是在还原事实而是在扭曲事实。也就是说卢鱼不是来寻找真相的，真相只不过是给疑惑的人一种解释，给痛苦的人一种安慰的麻醉剂，他并不相信这种东西。

跟踪小偷走进阴暗小巷，卢鱼发现小偷跟一个女人碰面，于是藏在暗处偷听两人谈话。小偷说："这次主要是一些首饰，先称重，然后按市场金价的七成给我，非常公平吧。"

女人说："那也得看这次的东西是哪儿来的，被追查的可能性高的话风险也会加大，我首先考虑的是风险大小，而不是价格公平与否。"

小偷说："放心，从另一个小偷那里弄来的，绝对没有风险。"

女人说："哦，那倒很有意思。我现在没有那么多现金，你下午再来一趟吧。等一下我去X那里一趟。"毫无疑问，X是某人的代号。由于光线阴暗的缘故，小偷跟女人的肢体行为只能猜测。当两人分手后，他并没有继续跟踪小偷，而是跟踪那个女人，那是个头发染成金色的女人，装扮像是本土版的嬉皮士。

他来到这里不是想知道某一件事的真相，在这个许多人都或多或少有罪的区域里，他也不是想找到犯罪的源头，也就是通常被称为幕后黑手的存在。这里像是一张蜘蛛网，由无足轻重的小偷作为线索，可以发现许多灰色交易。但是他对此并不感兴趣，只是想找到独特的罪犯而已。他跟着不断扭动臀部的女人在一片违章建筑里穿行，那是条狭窄的小巷，上空是密密麻麻的电线。可以看到正在学习如何敲诈的未成年人，可以看到手臂上有许多针孔的中年男人，可以看到一边吹笛子一边乞讨的老人——他仿佛看到的是某一类人一生的轨迹。

卢鱼想到了巴西的贫民窟，连配枪的巡警也不敢单独进入的地方。卢鱼觉得自己在进行一场冒险，通常人们认为冒险是为了得到什么，可他认为冒险是为了得到冒险的经历，也就是说过程即是目的。

那个金发女人进入了一间游戏机房，里面嘈杂的声音可以掩盖许多其他的声音，在不熟悉情况的状态下无法混进里面，他只好在远处徘徊，将一个易拉罐踢来踢去，根据小偷和金发女人的谈话可以得出几个结论——

1. 这次不是两个人的第一次交易，也不会是最后一次交易。

2. 住在自己楼上的家伙是个小偷。

3. 游戏机房是 X 的地盘。

墙上到处是脏话涂鸦，在这片犯罪的温床上，他可以感觉到存在着有别于法律的另一种秩序。他不希望线索就此中断，在漫长的等待过程中，他担心自己那辆二手车被剐出了划痕，扎破了轮胎。

作为侦探，他既不喜欢也不讨厌自己的职业，已经忘记一开始做这个的理由是什么了，失去了初衷。就像把球投出去以后它就根据惯性运动，他仅仅是习惯了靠识破骗局来生活的生活，不需要理由，若是非要找一个的话，那就是因为无法再适应其他类型的生活。

理论上来说，这座城市里百分之七十五的走私物、百分之八十的大麻、百分之六十四的盗版物、百分之五十一的假药，都来自这个区域，所以这个区域是整个城市犯罪的根源。但理论终究只是理论，行走在其中的卢鱼像在蜂群中找到蜂后般找到这里的统治者之前，他是无法相信这种理论的。终于，那个女人从游戏机房里走出，她出门后左转，用钥匙剐花了一辆摩托车的皮垫，但是卢鱼已经不再关注她了。

他关注的是出门后右转，头发凌乱的中年男人。出于直觉，加上一些观察，他对那个中年男人关注起来，他就是金发女人所说的 X。一个罪犯总是可以关联到另一个罪犯，在这里他可以追查某个人过去杀死了谁，也可以去预测某个人将要去杀死谁，不过深入下去会没完没了，毕竟在地狱里判断谁对谁错没有意义。比如说路边倚靠着电线杆的年轻人，他既受到其他人的敲诈也会去敲诈其他人，同时具有受害者与加害人两种身份。以此类推，更复杂的关系在这里蔓延开来，也许想要破解某个计程车司机被杀的谜团，就得同时查出被计程车司机杀害的妓女埋藏于哪里、偷走计程车司机的计程车的小偷是谁、杀死计程车司机的凶手是否已经被毒贩杀死、毒贩表哥的邻居是否跟计程车司机在一起强奸案中串供做伪证……一个人可能同时是多起案件中的重要角色，案件与案件重叠，想要破解一个案子就得同时破解其他许多案子。

相当复杂的连锁反应，卢鱼缺乏尝试的兴趣，他只想通过罪犯之间的无形关联找到自己感兴趣的罪犯，就像植物学家在森林里找到自己感兴趣的植物。他对于小偷接下来要去偷什么不感兴趣，对于金发女人接下来要去和谁交易不感兴趣，可是他对于X接下来要去做什么感兴趣。他想，不需要通过X再去找下一个罪犯了。

在许多辆车停留的十字路口边，X进入一辆白色汽车后卢鱼也进入了自己的汽车，卢鱼庆幸轮胎没有被谁拆走，他得保持一定距离地跟踪X驾驶的那辆白色汽车。在夜幕降临前，在高架桥下面，卢鱼转动方向盘往右并线时，跟一辆面包车发生了轻微的擦碰。非常小的事故但是可以纠缠非常久的时间，对方车主是个斤斤计较的教师，首先拍下照片，然后准备打电话给交警。卢鱼望着远去的白色汽车制止了他打电话，表示愿意直接付一笔钱私了。

这种情况下，除非X驾驶的白色汽车也碰到车祸，否则两者之间的唯一联系将要中断，而且无法重建，这是卢鱼不希望发生的。

尽管杀手没有超速驾驶，可是非常巧合的意外还是发生了，在转弯的视觉盲区，他的汽车跟另一辆汽车擦碰，撞坏了对方一只车前灯。

在夜幕降临后，已经处理完事故的卢鱼追上已经处理完事故的X。因为光污染的缘故，城市上空的星星并不耀眼，霓虹灯有如一种慢性毒药麻痹着人的视觉神经。现在首先应该做的是盯住那个家伙——卢鱼对自己说，他跟着X去了一个又一个地方，X进入某个场所他也进入那个场所。

卢鱼也不知道自己是否在围绕X织一张看不见的网，也就是说把X视为一个提线木偶。如果X是在计划谋杀的话，那目击全程的自己是否是在间接杀人？

当X将汽车驶入需要证件才能进入的封闭式社区后，卢鱼将车停靠在街道对面，在没有下雨的情况下启动雨刷器，将视线从街道尽头正在凝视自己的路人那里移开。也只有在一些事情已经结束，而另一些事情还没有开始的间隙里，他才会重新想起那个委托人要自己去寻找的谜一样的女人，有如从杂物间找出充满童年记忆的自行车。但是半个小时后，X的白色汽车从小区里面驶出，他踩下油门将其再次遗忘。

最终，X将车停靠在废弃的地铁站A出口边，这一行为打断了卢鱼的犹豫，他将汽车停在B出口边，两人从不同的入口潜入里面。由于城市规划的需要，这个位置偏僻的地铁站被废弃了，当然，地下的铁路照常有列车经过，只是不在这里停留而已。不速之客的到来为空洞的内部增添的不只是细微的回音而已。藏在一个广告牌后面，也小心地藏好了自己的影子的卢鱼想到，在自己的眼睛监视X的同时，是否有另外一双眼睛在监视自己；在自己想要支配X的同时，是否有另一个人想要支配自己。

按照他的想法，X应该从后备厢里拖出巨型的黑色塑料袋，从停止运作的阶梯式电梯上走下，在海螺式的建筑物内部弄出细微的回音。最终，从塑料袋里拖出一具人的尸体，从没有护栏的候车区扔到铁轨上，再等待黑暗深处涌出可以淹没一切寂静的列车声响。

可实际上，X像是一个不知何去何从的旅客徘徊在安检区，一排冰冷的自动售票机保持沉默。卢鱼藏在阶梯式电梯与地面的夹角间，他注视着对方的一举一动，X走到没有护栏的候车区，地面开始颤动，远处一列满载疲惫的上班族的列车渐渐抵近，黑暗深处涌出可以淹没一切寂静的声响。他把一条口香糖的包装纸扔掉，那张锡纸由于地铁卷起的气流而飘荡，等最后一节车厢消失，纸张才最终落地。

卢鱼的猜想是错误的，跟现实存在误差，从他跟踪小偷开始就不断进行不完全对也不完全错的预判……他不断地出错再不断地纠正自己，似乎这仅仅是一种游戏，而非是建立一种可参考的未来模型。眼前正在发生的事情让卢鱼感到愤怒，而且一下子找不到愤怒的理由。越来越深的黑暗在吞噬自己，现在的他只是一个偷窥者，跟透过孔隙偷窥女性一件件脱掉衣服的人没有差别。

卢鱼开始往B出口的方向走去。

站在候车区边缘望着深渊般的下面，X没有回头，但又无疑是在对卢鱼说话："跟踪了这么久，该出现了吧？"

卢鱼屏住呼吸从后面走出："你是从什么时候注意到我的？另外，既然注意到我又为什么默许我跟踪你？"

距离下一班列车经过这里大概还有半个小时，X说："从一开始——因为犯罪是一种表演，需要观众，在我是主角的情况下你自然是观众。"

"你难道不知道这样会把自己送进监狱吗？将自己的行踪完整地暴露在我眼前。"卢鱼刻意跟对方保持一定距离。

"你似乎觉得自己控制着局面。"X蹲了下来，"你觉得是你选择了我，可实际上也是我选择了你。在这过程中，你去的每一个地方都是由我决定的，我不仅决定你看到了谁也决定谁看到了你。我进入一个地方你也会进入那个地方，我触碰过一个门把手你也会触碰那个门把手，我在一个加油站加油你也会在那个加油站加油。在这样的重复行动中，我消除了在每一个地方留下的指纹而你没有，因为你搞错了我们之间的关系，误以为自己是猎人而我是猎物，只有猎物才需要消除痕迹。可是事实刚好相反——我是猎人而你是猎物。"

卢鱼说："你的意思是说，你出现在我的前面挖好了坟墓，等我跳下去？"

X说："也可以这么说。"

卢鱼说："为了什么？"

X说："你看出了我是个罪犯，与此同时我也看出了你是个侦探。你出于某种原因跟踪我，我出于某种原因需要你跟踪，是你害自己越陷越深的。"

卢鱼说："你需要我做什么？仅仅是因为需要观众？"

X说："当然不是，是需要你作为替罪者。"

卢鱼说："你从一个地方到另一个地方，我并没有目睹你做了什么，只能猜测你在中途的某个地方杀死了某个人。"

X掏出手枪瞄准卢鱼："该怎么说呢——我独自进入的那个小区，在D楼的第八层的公寓卫生间里，我用皮带勒死了一个发型中分的男人。等几天之后他的尸体被发现，警方会根据目击者的指认找到这里，在你的车里看见那根皮带，也找到吻合的指纹，但是不会找到你的尸体，那个时候你已经被我绑上石头扔进海里了。事件将会以凶案嫌疑人弃车并失踪作为结局，而我将脱身。"

卢鱼说："井井有条，一丝不苟。"

X说："当然。"

空荡荡的地铁站内，即便是最近的柱子也距离卢鱼五米左右，他的目光在空旷的四周搜索，可他不知道该寻找些什么，唯一可以确信会出现的是大约二十分钟后自西向东驶来的列车。他突然想到一个故事，横跨海峡的金门大桥是非常出名的自杀圣地，许许多多的人从上面一跃而下，构成一道与海洋结合的美丽风景线。在这种情况下将某个人突然推下去，世人可能会习惯性地判断那个人死于跳海自杀，即便远远地看到了凶手推人下去的一刻，还会以为凶手是在试图伸手挽救那人。

"我自认为对你织了一张网，可没想到你反过来织了一张包围我的网。"卢鱼努力在脑海里还原出地铁站废弃前灯火通明的样子,那时,地面的白色瓷砖可以倒映影子,广播声回荡于每一个角落,每当列车到站,车门缓缓打开后,盲目的人群总是鱼贯而入或者鱼贯而出,仿佛没有自己的意志。但是现在断电的这里跟断电的电视机一样黑暗,他后退一步:"我也想说……"

"什么?"杀手说话的同时也在等待回音。

一声凄厉的枪响划破了黑暗,倒下的是 X,他完全没有挣扎,缓缓地渗透出可以让纸船漂走的血液。环顾四周,卢鱼无法如寻找飞走的鸟儿般寻找飞走的子弹。建筑物外壳的隔音效果太好了,比蜗牛壳好得多,站在候车区显得有些茫然的卢鱼完全没有听到雨声。他有如一个没有故乡也没有目的地的旅人,可以随时搭上在面前停下的列车离去。

外号叫卡夫卡的巡警从某根柱子后面走出,收回刚刚射出子弹的手枪,一言不发地凝视着被自己杀死的杀手。卢鱼开始怀疑这里不是一个地铁站而是一个鱼缸,他感到溺水般的压抑感,缓缓地对死者说道:"我想说,我因为对你感兴趣而跟踪你,外号叫卡夫卡的巡警因为对我感兴趣而跟踪我,跟踪你的人同时也被别人跟踪着。我知道他的行为,但是我无所谓,你的谋杀需要观众而我的调查也需要观众。这个世界很复杂,一场谋杀案牵连的绝不仅仅是两个人,你把事情想简单了,计算到了身后的跟踪者,没有计算到跟踪者身后的跟踪者。"

"喂喂,不感谢我救了你,还要跟死者说我的坏话?"

卡夫卡说，"你一开始就知道了？"

卢鱼说："是的。"

卡夫卡说："算了，托你的福，升职有指望了。"

卢鱼说："如果要感谢的话，还是感谢躺着的那位吧。"

卡夫卡说："你对于凶案的嗅觉还是这么灵敏，像狗一样。以前还当巡警的时候就这样对我不老实，让自己置身于赌上性命的游戏，跟踪你可以找到你想隐藏的凶案，比如眼下这一起事件。"

片刻之后，黑暗深处涌现出可以淹没一切的列车声响，伫立的两个身影保持聆听的姿势，当列车闪现时，他们看到一排忧郁得快要发芽的面孔。在那短暂的时间里，来不及结识任何一位车上的异性，只不过是为关于地铁的黑色调记忆增添了一抹伤感的色彩。卢鱼仰起面孔，视线里的列车只剩下微弱的光亮，他挥动手臂，不知道是向谁告别。

卢鱼说："理论上来说我们应该认识很久了，深入回忆也可以找到一起喝酒的画面，一起在凶案现场的画面。可是一种感觉潮水般一次次冲击我的内心，那就是我对你的陌生感，仿佛我们刚刚认识，这是初次见面。"

卡夫卡说："这是一种没有根据的错觉。"

由于置身于巨大废墟的内部，外面在下雨，可是雨无法穿透建筑物直接打湿他们的面孔，漆黑的夜似乎没有尽头。

伪侦探小说 二

　　来自西伯利亚的寒流无法抵达这里，同样，来自南太平洋的暖流也无法抵达这里。这里是内陆深处，可卢鱼竖起耳朵聆听，想要听到来自远方的风音，看上去他在等待什么。

　　他所在的地方，空旷的大厅内一共六个人，灯光折叠了所有人的影子，他们站在不同地方像一群固定的陈旧塑像。听不到远处风被密集的枝丫割破的声音，他们听到的是收音机那里传出的沙沙的经过变声处理的声音："在三分钟的停电后，大家聚集在这里听我说话，我很是感动（模糊的雷鸣声）……很不幸地告诉大家，在这极其偏僻的周围没有住户的别墅里，在这下着暴雨的时刻，别墅一定很多地方漏水，更糟的是，除了避雨的动物外，（钢笔滚动落到地面的声音）一个死人混入了你们中间。唯一可以离开这里的公路由于人为原因，也就是我的原因，导致上面必须经过的桥梁垮掉了，联系外界的每一根电话线都被截断，被我截断——而电线暂时还没有被截断，只是暂时……抱歉，走开一下。（脚步声，开门声）

"（脚步声，关门声）所以——祝大家好运，在这个寒冷的季节，这注定是个令人难忘的夜晚。"

沙沙的声音停止了。在场的六个人，也就是六个侦探开始警惕地观察那些同行，他们都是受到一位财阀的邀请来到这里的。作为其中一员，卢鱼依旧保持着聆听的状态。这是座三层别墅，是公司负责人邱以声的私产。气派的大门跟高挑的门厅给众人留下了深刻的第一印象，内部是黑色大理石铺就的地面，连续的拱门和走廊让空间变得复杂，容易产生变形的回音。细微的动静会被放大，即便只有一个人在一条走廊上徘徊，也会以为许多人在许多条走廊上徘徊。

所有的房间都为四方形，空间的功能划分和位置布局体现了设计的严谨，每个靠外墙的房间都有观景凸窗，让人可以欣赏远处树冠相连的风景。别墅有着相当久远的历史，暗绿色的藤蔓爬上了外部的白色泥灰墙，和生锈的管道纠缠在一起，难分难解。突然下起来的大雨加剧了每个人的孤独感，仿佛彼此之间出现了雨构成的栅栏，不可逾越。

按照一般侦探小说的发展，几个互不相识的人被困在偏僻的场所，无法和外界取得联系，那是谋杀即将发生的前奏，而且所有人都有嫌疑。凶手会潜伏在他们身边，不会逃走，等待主角在历经曲折之后推理出真凶，在拖剧情的狡辩后说出杀人缘由。

然而，大厅里的六人还没有反应过来，僵硬的表情还没有解冻。直到电灯泡忽明忽亮地闪烁几下，坐在靠垫椅上面的卢鱼才掏出打火机点上香烟，旁边原本盯着上方的水晶垂钻吊灯的男人才低下头，对面沙发上穿蓝毛衣的女人才把杯子放到桌面……播音让他们中断了之前正准备做的事情，现在他们继续，仿佛漫长的停顿从未发生。

卢鱼环顾其他人阴沉的表情，在已经建成一个世纪的建筑物里呼吸，压抑感以氧气的形式渗入肺部，滋生惆怅的苔藓。在这里的暗处走动会像幽灵在缅怀这里曾经的岁月，他总觉得远处有许多影子在徘徊，在细语地议论自己。

他轻轻咳嗽后说："尽管可以猜想到那个声音所说的都是事实，但是我们还是得去检查公路上那座桥是否真的垮塌，检查电话线是否真的被切断了——不然在一开始我们就会陷入被动。再明显不过的事情，我们不是被卷入了一件还未发生的事情里，而是被卷入了一件已经发生的事情里。

"'一个死人混入了你们中间'，这句话可以有三种解释——正在往二楼走的那一位，现在最好不要单独行动，那样你很可能是不久以后出现的凶手或者被害人，所以请你回来。邀请我们来到这里的邱以声先生，相信大家最后一次见到他是下午的事情了，由于每个人都专注于自己的事情，没有太注意别人的出现与消失，我们得找到他。关于那句话的解释的三种可能分别是——

"1. 一个有准备的凶手混入了我们中间，将要把其他人变成死者。

"2. 我们中的一个已经被锁定为目标，他将被杀死。

"3. 已经有一个人死了，我们中间有一个冒名顶替者。"

已经走上楼梯的中年男人没有立刻停下，上了几个台阶之后才缓缓转身，呈三角形的冷色调目光框住了对他说话的卢鱼，他视线内的一切感觉都在降温，表面都会绽放雪花，让注意到自己正在他视线内的人不禁打寒战。他的四肢像拼装的机械，极不协调地运动，回到大厅站在细雕书橱旁边，一副不甘愿的表情。他是个矮个儿，额头上已经有起秃的迹象，表情严肃。他打开书橱，飘下的灰尘马上又藏匿在透明中，他的手在一排书脊上滑过，最终在杰克·伦敦的《海狼》上停下。他的名字是胡麻，这同时也是一种植物的名字。他很可疑，或许是被刻意凸显出可疑。

穿蓝毛衣的女人对旁边穿红毛衣的女人说："我们是被邱以声先生邀请来的，除去邱以声先生外，我们都是在今天第一次见到在场的其他同行。从法律角度说，当某人失踪二十四小时后警方才会受理调查，到现在为止，邱以声先生大概失踪了两个半小时，如果不是这段播音，相信大家会继续无视这一点。"

胡麻说："我确定自己是第一次见到在座的各位，可是并不能确定你们任意两个人都是互相不认识的，反过来说，你们即便确定自己第一次见到其他人，也无法确定其他人是否也是如此。也就是说我们之间缺乏互信——这会让这个漫漫长夜很难熬的。"

卢鱼说："没错，这很麻烦。"

穿蓝毛衣的女人说："外面在下雨，我讨厌下雨，一切都变得湿漉漉的。"

穿红毛衣的女人说："那么我们首先轮流谈一谈自己怎么样？我叫白栎，二十七岁，单身，讨厌西红柿，喜欢蓝色的大海……"

卢鱼反驳道："你也可以说：'我二十八岁，已婚，对花粉过敏，喜欢蒸汽火车。'——在大家第一次见面的情况下，不同的说法都是得不到证实的。当然，掌握虚假的信息总比没有信息强，因为虚假信息通常是在真实信息的基础上进行了些许修改。"

穿红毛衣的女人对卢鱼说："停电结束以后，你是首先出现在大厅，并且提醒其他人听收音机的。"

卢鱼说："因为我并没有回房间，就一直在大厅里，停电结束以后，我发现收音机已经被设定好时间播放那段话。"

之前凝视吊灯的男人，身高一米八五，穿着风衣但总是一副怕冷的样子，他叫石字典。他将香烟在水晶烟灰缸里掐灭，一副非常享受的样子："自我介绍什么的，各位在下午抵达这里时就介绍过了，没必要重复一遍，名字分别是胡麻、丘葵、卢鱼、白栎、韩略淳，加上我——石字典，一共六个访客，即便有人使用假名也没什么，名字只是一种代号。继续在这里进行没有根据的猜测，只会让我们对彼此的怀疑越来越深。"

他们都是侦探，表面上都是邱以声邀请来协助他处理一起不好对外张扬的盗窃案的，可能涉及他几个亲属争夺公司继承权的问题。但是在下午短暂的碰面后，邱以声就消失在众人视线中，由于下午多数时间各人都待在自己房间所以没有意识到这点，当停电发生，大家聚集在一起才发现这一点。韩略淳、白栎、胡麻在卢鱼之前抵达别墅，而丘葵、石字典在他之后抵达别墅。他不得不用食指抵住太阳穴，快速地整理思路，一周前他在事务所接到邱以声的邀请函，后来又跟邱以声的秘书电话聊了一次，对方暗示他的老板不希望失窃的东西引起警方介入，希望自己雇人解决，因为那件东西涉及家庭丑闻。对方支付了他一笔不低的定金，要求他在今天来到这里，为此他拒绝了卡夫卡今天一起去玩桌上足球的邀请，独自驾车行驶了四个小时来到这里。他清楚地记得自己将汽车驶入车库时，那里已经停放着四辆汽车。

胡麻不停地翻页，原本就皱巴巴的《海狼》几乎要散架了，他说："大家存在分歧，我想做一个关于分歧的小实验。请问大家对于杰克·伦敦有什么印象？我先说吧，他的小说和他的私生活完全两样，从两个角度成为我的人生导师，教会了我怎么一边标榜道德，一边过糜烂的生活而不感到矛盾。"

卢鱼回答："他是一个社会党党员。"

白栎回答："没有任何印象。"

丘葵："他写过一篇叫《热爱生命》的小说。"

石字典："他有过许多女人，他死于服用吗啡过量。"

"不管怎么样，他现在首先是个已死之人，不能反驳任何议论。你提出这个问题，是想说明我们的分歧毫无意义，事实只有一种，但是看待事实的方式有无数种。"韩略淳说，一直在旁边的走廊上走来走去的他终于停住脚步，他凝视着窗外深邃的黑暗。他是个微胖的男人，通常肥胖会让人显得温和，可是肥胖却让他显得冷酷："我们现在应该分别去调查这里的每一个角落，确定唯一的公路上的桥是否垮了，确定电话线被切断的位置，我们必须首先了解现状。"

凭借非凡的记忆力，韩略淳找出纸和笔画出别墅及周围环境的图纸，简单地划分区域："那么，我们分别检查不同的区域，然后再回这里总结一下。这样吧，我去调查所有的房间，卢鱼去调查公路上的老式拱桥，白栎去调查地下车库——"

"等等。"卢鱼做出暂停的手势，"由你划分调查区域的话——如果非常凑巧，在总结各自的发现时你说发现了尸体的话，死者的死亡时间在你去之前还是之后，死亡的位置在你去之前和之后是否有变化——都会存疑。"

微胖的韩略淳将图纸上写下的名字涂掉："我明白你的意思了。那么大家还是两人一组，抽签决定调查区域吧。"

卢鱼说："OK，我同意两人一组进行调查。"

韩略淳意味深长地说："今天注定会有一个不平静的夜晚。"

卢鱼抽中的区域是地下车库，他跟白栎一组。当他出现在地下车库时，必须得拿出手电筒，地下车库的电线被老鼠咬断了。在黑暗的地下车库说话会有回音，白栎跟在他后面，看他看过的东西。他经过自己的二手福特汽车，用手打招呼般拍了拍汽车前盖，白枥路过自己的大众牌汽车时用手抚摸了一下后视镜。无论数几遍，无论两个人的性格差距多么大，他们都看到了这里有七辆汽车，也就是说邱以声没有驾车离开这里。黑暗中可以听到地下车库漏水的声音，而且不止一处。中途石字典和韩略淳也来到地下车库，他们启动一辆白色汽车去调查公路是否还能通行，在卷闸门打开后，白色汽车消失在黑暗中。

卢鱼对白枥说："你的汽车是辆大众？"

白枥对卢鱼说："是的。你的汽车是辆福特？"

通过声音可以确定对方的位置，完全没有共同语言的两人每一次对话都是在加剧隔阂，在彼此之间建造无形的堤坝。

时间继续流逝，卢鱼隐约的不祥预感正在逐渐变为现实。他站在一辆最昂贵的商务型黑色奔驰旁边，手放在驾驶座一侧的车窗上："如果我们六个人来自不同的地方，那就需要六辆车，而这辆车属于第七个人，也就是别墅的主人邱以声，原因很简单，没有哪个侦探买得起这么昂贵的汽车。"

白枥说："怎么证明你的推测呢？"

卢鱼用肘部撞碎车窗，警报器发出刺耳的声音，他将手伸进去打开车门，在检查完里面后，通过几份私人物品得出结论："这辆车属于邱以声，邀请我们来到这里，可自己又不知所踪的有钱商人——撞碎车窗就是我的推理方式，抱歉，没有提前让你捂住耳朵。"

在这辆车的警报器响了之后，出于连锁反应，其他车的警报器也响了起来。此起彼伏的警报声回荡，白栎用双手堵住耳朵，而卢鱼则若无其事。

半小时后，已经调查完的六人重新聚在大厅里，置身于昂贵的高档家具间有一种压抑感，在大理石地板上走动仿佛是在跟谁较劲似的。穿蓝毛衣的丘葵首先说："我跟胡麻检查了别墅的所有房间——不过只有二楼靠近楼梯口的那个房间除外，那个房间门锁上了而且没有插着钥匙，所以进不去——其他的房间空无一人，有的成了野猫的巢穴，有的堆满了过时的机器，有的摆设了珍贵的古董。总而言之，这是一幢停用了很久的别墅，最近才仓促起用。"

石字典说："我跟韩略淳沿着公路开了十分钟左右，看到了那座已经垮掉的桥。在附近没有居民的这里，不知道要多久才会被发现。即便没有下雨，要走到最近的居民点也要十几个小时的时间。"

穿红毛衣的白栎捏住手袖上脱开的线头，通过它可以拆掉整件毛衣，就像通过一个线索可以解开整个谜团一样。她说："我跟卢鱼发现地下车库里一共有七辆车，其中一辆属于失踪的邱以声，这说明他没有驾车离开。那里似乎一到下雨天就会漏水，我觉得那里不仅可以停车，也可以停船。我跟卢鱼也穿了雨衣去检查别墅后面的网球场和游泳池，泳池和白天时一样，漂着一具鹿的尸体。"

"另外，"略胖的韩略淳补充道，"通往外界的各条线路都被剪断了——在别墅北边靠近公路的位置。这里实际上变成了一座孤岛。"

　　胡麻将那本《海狼》放回原处："综上所述，目前存在的疑点中，最首要的是，发起这次聚会的邱以声到底在哪里？这是关键，他邀请我们来说是为了解开一桩盗窃案的谜团，相信各位多少跟我相似，不是被高额的酬金吸引而来，而是被事件的复杂性吸引而来。像是沙丁鱼可以吸引猫，奇怪的案子可以吸引侦探。在这座位置偏僻的别墅里，我们都声称在下午五点后没有见到邱以声。我认为目前值得调查的地方有几个——二楼靠楼梯口没有插钥匙的房间，停有邱以声汽车的地下车库，漂着鹿的尸体的游泳池。"

　　"等等，第一个出现在这里的人应该是邱以声，然后才是其他访客。在这个初次见面的场所，后面来到的人只需要适应前面来的人已经塑造的氛围就好，比如我，将车停在别人的车旁边，吃已经准备好的三文鱼拼盘，跟已经站在大厅里的人谈天，一切顺其自然。但是这一切不可能是邱以声一个人准备的，第一个抵达这里的侦探可能知道这个问题，这是一个很重要的问题，究竟是有几个人帮邱以声整理好准备迎接客人的场所？他们又去了哪里？"卢鱼掏出一支烟想要点上，白桦制止了他，通过简单的手势表明自己讨厌这样的行为。卢鱼通过这一行为可以猜测对方的性格，当自己点上第一支烟时她觉得两人的关系还没有熟到可以那样做的程度，当自己点上第二支香烟时她觉得两个人的关系熟到了可以那样做的程度。这是个控制欲很强的女人，如果两人结婚的话，她会支配自己的一切，恐怕自己几点睡觉都要由她决定。

"我来的时候，白栎和胡麻就已经在大厅里了。"韩略淳又开始画草图。

"我是最后一个到的，那时大家都在这里了。"丘葵单手托住下巴。

"那么，胡麻你呢？"卢鱼的手指在桌面上跳动。

"我是访客中第一个到的，是在怀疑我？"胡麻站在一幅野兽派油画前面，似乎对于画中人物扭曲的表情感到欣赏，"我来到的时候，是一个管家首先接待我的，然后我才见到了邱以声，是管家准备好了一切，没过多久他就被邱以声以讨厌无关的人出现在聚会上为理由命令离开了，他是驾车离开的。我没有对你们隐瞒这点，我只是没有对你们强调这点。"

还没有吃晚餐的他们开始感到饥饿，他们搜刮了厨房里的巨型冰箱，为了防止有人投毒而专门挑罐头类食品，卢鱼吃了两个菠萝罐头外加一个鲑鱼罐头。

"说句实话，"卢鱼说，"按照正常侦探小说的剧情流程，现在早该出现第一次停电之后的第二次停电，我们中间也早该出现第一个死者了——当然，凶手也必定是我们中间的一个。可是什么也没有发生，难道把我们困在这里只是为了促进我们之间的感情？难道幕后的策划者不需要进一步行动吗？"

"我们应该先查哪一个可疑点？二楼靠近楼梯的房间、地下车库里邱以声的汽车，还是游泳池里鹿的尸体？"丘葵将豌豆罐头里的最后一颗豌豆用勺子送进嘴里，非常勉强地咽下，"很想吐槽这种添加了防腐剂的食品。"

"不管怎么样，我们首先应该想到的是离开这里，回到正常的生活当中。明天估计还会是暴雨天气，即便有自行车要抵达附近的居民点也很困难，何况是徒步，得让外面的人知道我们在这儿——有谁在出发前告诉了身边人自己要去哪里吗？"韩略淳画好了草图，是显示六个人出现时间和亲密程度的草图。卢鱼没有质疑他将自己和白栎归类为有恋爱可能的那种关系，卢鱼通常只会赞同别人的正确，而不会纠正别人的错误。另外，韩略淳抽象的笔法将六个人的头像画得很难看。

"在那之前，我们应该首先去二楼那个房间看看，毕竟我们没有条件解剖那头游泳池里的鹿并且得出尸检报告。"胡麻往螺旋式的楼梯走去，手特意搭在木制扶手上，仿佛是在走上飞机的舷梯。除了韩略淳以外其他人都跟了上去，韩略淳没有抬头地说："你们去吧，我还得制定一份表格，今晚大家都得两个人睡一个房间，我还得制定一份明天工作安排的表格，保持一切的条理。"

"你似乎在通过一支笔取得这里的支配权，也许再过不久，这里就会形成一个以你为顶端的金字塔结构社会。"已经到了二楼的胡麻从大理石围栏那里探出身躯，对韩略淳进行远距离嘲讽。在靠近楼梯的房间门前，几个人讨论该用什么方式打开造价不菲的实心木门。

无论他们怎么讨论，都应该只有一种结论——用螺丝刀拧掉锁的螺丝钉从而卸掉整个锁，再打开门。

卢鱼仿佛拆卸钟表似的，小心翼翼地将螺丝一颗颗拔出，他同时还得记住每一个零件的位置，等门开以后他得将锁按照原状给装回去。他可以修复自己破坏的锁,当然,他无法修复自己伤害的心。房间里四面墙壁都挂满照片,各种制作精美的相框的观赏性要高于照片本身,所有的照片上都只有邱以声一个人物,若是患有密集恐惧症的人经过这里,在见到邱以声本人时肯定如见到穿山甲的鳞片般恶心。

通过照片,不难得出邱以声是个自以为是的人的结论,可以在墙上看到正在起伏的海面上驾驶帆船的邱以声,可以看到站在博物馆内部的邱以声,可以看到正在用镊子和钉针制作瓢虫标本的邱以声,可以看到在南极插上印有邱以声头像旗帜的邱以声——但是看不到微笑的,或者说快乐的邱以声。

丘葵注意到脚下是羊绒地毯而非大理石砖:"他貌似是个有轻度自闭症的男人,通过这些照片几乎可以推测他一生的轨迹,一个人出生也一个人死去。"

石字典注意到地毯上的几根咖啡色女人头发:"他的青少年时期肯定是非常压抑的,估计有过相当挫败的性经历,估计对男性也存在模糊的好感。从这张他照镜子的照片也可以看出他的自恋情结。"

胡麻注意到房间里有通往另一个房间的一扇门:"他一定相当热爱魔术,他获得魔术比赛一等奖领奖的照片就不止一张。另外不知道你们注意到没有,那儿——对,左边墙接近天花板的那幅照片,那本该是一张全家合影,可他切割了其他两人的部位留下两个空洞,也就是说他厌恶被切割的两人——他的父亲跟母亲,可能正是他父母的关系导致他婚姻的失败。"

……

他们仿佛是在参观邱以声的内心世界，肆无忌惮地剖析邱以声的性格，放大每一个值得注意的细节。一群食人鱼在一头河马周围，会把河马的血与肉剥夺得一点不剩；一群侦探在一个男人周围，会把男人的秘密剥夺得一点不剩，两者是同样恐怖与残酷的存在。内部通往下一个房间的门上也没有插着钥匙，卢鱼再次使用螺丝刀，不久以后他们就从一个没有窗户的房间进入了另一个没有窗户的房间。

里面陈列了各种玻璃器皿保存的标本，最大的是一只中型猫科动物的骨架，最小的是一只松脂包裹的远古昆虫。琳琅满目的玻璃造成了层层折射，他们陷入了偏差之中，共同注意到了一点——这个房间也有通往下一个房间的窄门。白栎凝视着玻璃器皿里众多颜色与品种各异的蝴蝶标本："真漂亮，让人联想到春天。"

石字典凝视着被福尔马林浸泡的胚胎："你没有注意到吗，自己正置身于一间停尸房里？"

当又一扇门被打开后，众人都有些泄气，因为里面的房间里又有一扇通往其他房间的窄门，如果门后的房间没完没了的话，他们会永远地陷在里面。因此他们没有驻足欣赏四周墙壁上的各种枪械，直接围在下一扇门前，等卢鱼使用螺丝刀跟卡片打开房门。

眼前的窄门发出旋转声后，他们首先注意到的是里面终于没有出现下一扇门了，然后才注意到正面朝下倒在地上，双手捂住心脏位置，睁大的双眼中瞳孔已经放大的邱以声。他身旁半米处有一瓶已经打开的心脏病药罐瓶，里面是空的，周围也没有散落药片。卢鱼首先走到他身边，检查脉搏、瞳孔与体温："他死了一会儿了——耳朵都变成了紫红色，至少死了两个小时。先不要动这里的东西，先拍照，将死亡现场完整地拍下来。"

在拍摄了房间里全部细节的照片后，在用随身携带的粉笔画出死者的死亡形状时，卢鱼注意到死者口袋边缘露出亮晶晶的钥匙，他从口袋里找出三枚钥匙，并且依次用它们打开了通往这里的三扇门。他说："如果这是一场谋杀——那将是一起密室谋杀案，或许他邀请我们来不是要我们调查盗窃案，而是调查他自己的死亡原因？当然，这只是个玩笑。现在嫌疑最大的是那个管家，一旦他声称离开而又没有离开，潜伏在附近，他将享有最自由的作案空间。"

韩略淳在石字典通知他后赶到现场，围绕一个死者他们展开种种推测，当一个提出某种推理时总会有另一个人推翻这种推理。六个侦探一起出现是可怕的，会像解剖动物一样解剖每一个细节，追溯每一件小事的起源，从调查地毯的生产商到死者额头上的包是什么品种的蚊子叮咬的。他们的推理会导致现场的一切逐渐褪色直至透明，除草机一般剪除了现场的秘密，可是过于习惯性地追求真相很容易错过最为基本的事实。通过很少的证据侦探就想还原出很复杂的人性，白栎已经推断——邱以声幼年时遭受过成年男性的骚扰。

对胡麻而言，那样的推理只是简单地把问题归咎于童年的某种经历，是典型的将两件无关的事情说成存在因果关系的做法，例子是——某人童年时得的麻疹导致了他成年后杀人，这跟某人童年时缺少母爱导致他成年后杀人是同一模式的因果关系，是律师在法庭上为犯案的被告开脱的常用理由。

卢鱼说："暂停推理吧，或许问题出在我们认为有死人就一定有凶手的侦探大脑回路上，看上去死者是因为心脏病发后碰巧药没有了而死的，热衷于将简单的东西复杂化的我们从直觉上排除了这种可能，继续猜想这是作案手法非常复杂的密室杀人案。如果死者的死因真是由于心脏病发后碰巧药物没有了呢？

"对于习惯了'怀疑'这种思考方式，而忘记了'相信'这种思考方式的侦探，要想对其隐瞒东西，藏在越难找到的地方侦探越容易找出来，藏在越显眼的地方侦探反而越难找出来，因为侦探的本能会排斥轻而易举就能得到的结果。"

短暂的沉默中，可以清晰地听到雨敲打别墅外墙的声音及隐约的雷鸣，可见墙壁的隔音性能并不出色。他们每个人都占据了一个位置，被困在庞大建筑物中的此刻，每个人都对其他人保持警惕。

韩略淳蹲下来凝视死者的瞳孔，也许是因为室内放了樟脑丸之类的防虫剂，所以尸体目前并没有招来红蚂蚁，他说："的确，一具尸体背后不一定有复杂的阴谋，也可能只是简单的事故——原则上这样说没错，但是要我相信有人故意破坏公路上的桥梁、切断电话线、播放死亡预告般的录音，只是为了让我们欣赏一具死因是心脏病发的尸体，我做不到。我坚持认为那些行为是对接下来的连续谋杀进行铺垫！"

房间里站着六个人，不过并没有出现拥挤的状况，无论是谁都尽力避免触碰到别人的肢体，仿佛是一群关在密封容器里的有刺生物。胡麻从靠近丘葵的位置走到靠近石字典的位置，可无论站在哪儿他都会感到不安："从外表上看不到尸体有明显伤口，他的死因肯定要专业的法医解剖后，才能知道他是不是死于中毒，是不是死于重要器官被针状物刺中。现在已经是凌晨两点半了，我们应该去睡觉，保证明天的精力。"

丘葵抑制住打哈欠的冲动："没错，我也这么认为。"

白栎说："我也是。"

韩略淳说："那么两个人一个房间，通过抽签决定谁跟谁一个房间——两位女生可以不用抽签睡一个房间，但是必须在其他人之间的房间……"

对于他的安排没有谁有意见，卢鱼只是增加了一个建议，要求封上通往死亡现场的三扇门，防止有谁私自闯进里面。他的提议获得了一致通过。

当天他跟石字典睡一个房间，他选择睡地铺。关灯以后的黑暗中，他双手重叠垫起头颅并且睁着双眼，有些事情在黑暗中看得更清楚，他的目光似乎可以穿透一层层天花板、穿透降雨的乌云看到星空。可以猜测石字典正在将手从两腿之间挪开，可以猜测韩略淳突然翻起身去一楼拿那些草图，可以猜测丘葵和白桦的其中一个正在脱掉上衣……他不会去证实自己的猜测，只要不去证实，这些猜测的可能性就不会被否定。他失眠了，在没有安眠药的情况下他只能用数羊的办法作为替代。

在另一个地方的某个女人，她也失眠了，在缺乏可辨别位置的东西的黑暗中，甚至不知道那个空间里是否存在另一个人。他跟她在不同地方聆听着同一场雨，在没有安眠药的情况下她也只能用数羊这种办法作为替代，缓慢地催眠自己。两人的命运平行，且不相交。

第二天清晨，卢鱼首先做的是走遍别墅确定其他人的位置，在靠近厨房的走廊上，闻到丘葵煮的牛奶的气味，他安下心来，夜里并没有出现第二个死者，其他人没有少任何一个——石字典还没有睡醒，白桦独自撑着雨伞走在网球场那里，胡麻在厕所里，而韩略淳在画新的草图。外面的雨还是很大，无情地击打着地面丛簇的灌木，或许在大家睡着的时候短暂停过，可睡前雨在下醒后雨还在下的话，很容易将两场雨误认为一场雨。置身于跟外界隔绝的别墅才一天不到，他就感觉自己是待在世界尽头。

这里是非常偏僻的场所，只有一条公路可以进出，别墅四周还立了不少"小心野兽"的警示牌。来的时候他看到一头獐子横穿过落满树叶的公路，在他看来跟野兽相处比跟侦探同行相处容易。接下来的整整一天，尽管他们的调查取得了一定进展，可事情依旧扑朔迷离。他们对于救援队的期盼没有困在隧道里的矿工那么强烈，毕竟他们可以在靠窗的地方欣赏雨景，喝加了冰块的葡萄酒，读早已经被时代淘汰的小说。不需要忍受剩下的氧气被渐渐消耗的黑暗，不需要喝自己的尿，不需要咀嚼煤块。如果他们身处绝境，那也是非常舒适的绝境，是潜伏着不安的平静。

断断续续、时大时小的雨中，他们的调查发现了几个疑点。那头漂浮在泳池里的鹿，死亡时间大约是两天前，身上有十一处轻伤跟两处致命伤，都是中型野兽的爪牙造成的，因此排除了人类行凶的可能性。它应该是受到狼之类的野兽袭击后逃离，在泳池边饮水时由于失血过多导致的体力不支而栽进了泳池，沿途的血迹可以佐证这点。

在电闸开关旁发现一个配有计时器的小机器，如果启动倒计时，在设定的时间归零后电力就会被切断，就会发生停电。可是从昨天发电机启动到现在为止并没有发生停电，若这个机关是针对他们而设置的，那为什么没有启动呢？

邱以声死去的房间里，那张可能是由于临死前的挣扎弄得一团糟的桌面上，重叠着各种图纸资料。有飞机引擎的图纸，有汽车公司的宣传手册，但引人注目的是一张草纸，上面的计算是关于多少当量的炸药能造成多大程度的破坏的。

那个满是枪支的房间里，其他的枪支都是空膛的，但是唯独一把左轮手枪是上了膛的，里面有六颗子弹。

昨天胡麻从众人视线中消失了半小时，他的解释是沿着网球场边的小径散了半小时的步。但是卢鱼问他在小径的第二个转弯处有没有土地神像，在第一个下坡处有没有几棵银杏树时他却回答不出来。卢鱼证明他在撒谎，那半小时他就藏在别墅内的某个房间里。

二楼走廊尽头的厕所，靠内一侧的门把手上有已经干了的胶水。

别墅后面的走道上有一段缠绕的玻璃线，可以割伤手的那种，其末端维系的不是鱼钩，而是一小瓶属于剧毒物的氰化钾。

还有就是，在死者内衣的口袋内找到一张字条，上面是他自己的笔迹——晚上十二点，在网球场那里碰面。

显然，他想要将这张字条交给六个人的其中一个，但是还没有来得及交给他或她，自己就先以非常难看的姿势死掉了。

总而言之，搜集到的证据越来越多，可谜团却越来越复杂，它们不像多米诺骨牌一样连贯——可以一个接一个地推理出真相。第二天他们还试图查出那支上膛的手枪和那一小瓶氰化钾之间的关系，到了第三天他们对于谜团感到绝望，讨论的是玩什么游戏来打发外面的人发现桥梁损坏之前的时间。

不管从任何角度来说都应该选择扑克牌里的二十一点游戏，因为包括国际象棋在内的其他游戏是无意义的，这是一种主观上的看法。

于是他们玩起了二十一点，由石字典首先洗牌。他们是困在一幢别墅里，比困在一部电梯里要好多了，现在处于一种非常尴尬的状态，他们感觉到了死亡的威胁，可是死亡并没有进一步行动。按照正常的逻辑，既然出现了第一个死者，既然出现了那么多显示有人做手脚的线索，那就应该出现第二个乃至第三个死者，这是一种惯性思维。

他们玩二十一点玩得过于投入，暂时忘记了外面的雨，暂时忘记了那个死者，暂时忘记了时间，那座建筑物成了陆地上的孤岛。

至第四天，邱以声依旧横躺在冰凉的地板上，维持着最初的姿势，犹如退潮时被遗忘在岸上的青鱼，已经出现了尸斑，开始有腐烂的迹象。而侦探们也终于等到了外来者，死者公司的人雇用工人在不宽的河上架设了一座简易木桥，过河来寻找死者。在门口的卢鱼首先看见了那几个穿黑色西装、戴黑色墨镜、穿黑色皮鞋的男人，像一群步行的乌鸦。他告诉室内正在打牌的其他人时，胡麻刚好抓到一张红桃K。

那些人中的一个首先说："我们老板呢？"

卢鱼说："在二楼的房间里。"

对方说："在做什么？"

卢鱼说："他已经什么都做不了了。"

对方说："发生了什么？"

卢鱼说："这也是我们想知道的，麻烦报一下警，因为你们老板死了。"

……

当天稍晚时候，巡警来了，桌面上还散乱地分布着扑克牌。警方调查的地方都是六个侦探调查过的，他们只是重复一遍，并没有更多发现，而且还有很多细节要侦探们来补充。对于卢鱼而言这是场非常糟糕的漫长聚会，因为和那些人是同类，就像一只鹳鸟在一群鹳鸟中，会丧失自己的特点，被群体同化。他想做的只是尽快离开，忘掉其他侦探的面孔。当目视着僵硬的尸体在担架上盖着白布，露出一双皮鞋，被人送上车时，卢鱼想要脱掉他的鞋子再扒下他的袜子，看看他那不知道有没有变畸形的脚趾。

六个人都必须作为证人去做笔录，他们也被视为嫌疑人，必须想办法洗清嫌疑。其中一名中年巡警用胳膊肘顶了卢鱼的胳膊："就我看过那么多侦探小说的经验来说，你们中肯定有个人是凶手。"

卢鱼说："很多人都这样认为。为什么不就你办案的经验来说，而要就看侦探小说的经验来说？"

中年巡警说："因为发生的这一切太像侦探小说了。"

卢鱼说："原来如此。"

中年巡警说："现实没有那么强的戏剧性。"

卢鱼说："我好像忘了什么，但是又想不起来了。"

中年巡警说："总会想起来的。"

卢鱼说："可是等想起来的时候，那已经没有意义了，很多记忆都会有时效性，像电影票一般过期作废。"

……

卢鱼想方设法证明自己的清白，包括给异地的卡夫卡打电话，让他证明自己以前在警局工作时表现良好。很快卢鱼发现做辩解纯属多余，因为几天后尸检报告就出来了——死者男性，五十七岁，患有内痔和慢性肝炎，及非粥样硬化性冠状动脉异常……死因为心脏性猝死……

无论那幢别墅有多少疑点，在唯一的死者的直接死因是没有凶手的心脏病发作的情况下，它们都没有意义，也不需要得到解释。警方是不会为了调查厕所门把手为什么会有胶水而立案调查的，那缺乏合理的目的。从各处来的侦探们又要回到各处去，他们都将选择漠视这段记忆，继续生活。

最后一次做笔录那天，卢鱼跟一个年轻巡警隔着桌子面对面。在回答完对方的问题后，卢鱼补充说道："我想，我可以为那些疑点找到解释。"

年轻巡警用笔头连续敲击桌面："哦，不妨解释一下，虽然这是一起不需要立案的事件，只是一个中年男人心脏病发作死了而已，非他杀的死亡我们不感兴趣。"

卢鱼说："那么，你们非常轻松地完成了一件工作。"

年轻巡警说："是的，一开始还担心周六得为此事加班。"

卢鱼说："你周六是否准备去看棒球赛？"

年轻巡警说："你怎么知道？"

卢鱼说："不难猜想。"

"忘了你是侦探。"年轻巡警说，"你可以回去了，谢谢你的合作。"

环顾四周，确定没有其他侦探可以质疑自己的推理以后，卢鱼不再有乘坐飞机般的不安感，缓缓说道："种种证据显示，邱以声是个性格孤僻而且智商极高的人，作为一个成功的商人，冷酷、虚伪、果断，能够用不同的面孔对待不同的人。他是个狡猾的家伙——这是从童年开始努力学习如何做恶人的结果。

"毫无疑问，他在商业上取得了极大成功，浮夸的交际让他感到空虚，精神空虚是有钱人的通病，就像营养不良是穷人的通病一样——有的人通过不断换身边的女人来填补空虚，而他，我觉得他想通过谋杀这一行为来填补空虚。"

年轻巡警从椅子上站起来，伸个懒腰："谋杀？"

卢鱼说："是的，拿生命作为赌注的游戏，这样可以体验其他游戏体验不到的紧张感和刺激感。"

年轻巡警说："可他自己是唯一的死者，难道想要谋杀自己？"

外面是晴天，冷色调的光线穿透许多空隙，外面的天气无法影响到室内，因为通过灯光、空调以及百叶窗，人类可以自己调节室内的天气。卢鱼说："不，他想要谋杀侦探，而且是在其他侦探的眼皮底下。他喜欢有挑战性的事情，商业竞争会选择最强大的对手，计算会选最难的题目——谋杀也是如此，有什么谋杀比在众多侦探中通过独特的手法杀掉其中一个，还不被其他侦探发现自己是凶手更有挑战性呢？

"他通过一件虚构的盗窃案吸引我们去那幢别墅——他设计好的作案现场。他桌面上关于炸药当量的计算可以证明，公路上那座拱桥的垮塌是他用炸药做的。除此之外，还有电话线被切断，发电机上断电机关的安置，以及那段经过变声处理的警告播音。他精心准备好了一切，杀人方式也准备了开枪、投毒以及钝器击打这几种方案。

"他应该是想要杀死某人，再嫁祸给某人。

"一切准备就绪的情况下，他也即将成功的情况下——他突然心脏病发作死了，他准备的谋杀半途而废。那一切像建造了一半就废弃的建筑物，变成了分散于各处的莫名其妙的疑点，失去了原本的意义，比如玻璃线绑着的一小瓶氰化物，比如装满子弹的左轮手枪。总之，一场精心策划的死亡被一场意外的死亡阻止了，有如一个浪头被另一个浪头抵消。我真正想说的是，理论上完美的谋杀只能在理论中保持完美，可在现实里，再精确的计算也计算不到全部的意外。"

年轻巡警说："唔，非常精彩的推理。"

卢鱼说："可我知道，这对你而言是多余的。"

"没错，对警方而言一个问题只需要一个答案，一个死者也只需要一个死因。"巡警露出微笑，他突然觉得眼下的情景在过去发生过，而且会在将来再次发生，从窗户外飞过的绿鸟让他更加确信这点，他说，"对于警方而言，只需要明确邱以声死于心脏病发作这一点已经足够了，其他的说明是多余的。你谈的关于邱以声怎样谋划凶杀的这一部分，实际上跟你谈昨天去吃了什么东西、看了什么电影一样是多余的，是这份笔录所不需要的，跟阑尾一样可以切除。"

卢鱼非常平静："明白，工作需要。"

年轻巡警说："说来奇怪，你们六个人都说了多余的话，应该是出于侦探爱幻想的特性吧。其中有一个人的说法是——是你卢鱼拒绝了邱以声的求爱导致了他心脏病发作，你在现场，你制造出三扇门都锁上的密室——这比你的推论还要离奇。"

　　卢鱼不再说话，他的烟瘾正在发作，只想尽快回到事务所里尽情地抽烟。像是在别墅的那个失眠夜晚，他闭上双眼，因为有些事情在黑暗中看得更清楚。他的目光似乎能穿透一层层墙壁，可以穿透云絮看到并不刺眼的太阳。但是此刻他并不想猜测别人在做什么，他暂时停止了思考。

伪侦探小说 三

　　非常非常晴朗的天气，鱼鳞状排列的云絮勾勒出弧形，上一次下雪是很久很久以前的事情，下一次下雪将是很久很久以后的事情。这是任何一个喜欢雪或者讨厌雪的人都可以冷静的时刻，但是卢鱼始终无法冷静。

　　整个上午卢鱼都在计数，在狭窄的一个月租金八百的侦探事务所里，他在数自己吸了多少支烟。他一直想拆除没有多少来电的座机，可又一直没有。事务所里缺乏必要的东西，撤走文件柜或者饮水机都不影响什么，甚至正在窗前吸烟的侦探也不是必要的。他的舌头已经麻痹，望着窗外正在施工的工地他吐出烟圈，用于夹住烟的右手食指和中指，现在像射出子弹后的枪管一样发热。

　　烟蒂的位置标明了他出现过的地方，它们到处散落，在厕所的纸篓里，在一本书的两页之间，在木头抽屉里……事务所所在的楼房随时会被拆除，他已经做好了哪天回来看到这里变成完全陌生的洗浴中心的准备。他不知道自己吸烟的意义何在，或许正是因为没有意义他才会这样做，每当想要自杀可又缺乏用剃须刀割开手腕的勇气时，他就会凶猛地抽烟，仿佛找到了死亡的替代品一般。

　　已经是下午了，如果卢鱼继续数下去，那个数目会增长到可怕的地步，需要什么突发事件打断他的行为。仅仅是快递员送来装有定时炸弹的邮件是不够的，那样他会一边吸烟一边用剪刀剪断红线或者蓝线，只要没有被炸死他就会继续点燃下一支烟。

　　座机响了，他拿起听筒，是卡夫卡打来的："喂，有时间的话过来一下。"

　　他说："在哪儿？"

　　听筒另一头的背景音是车辆高速驶过的声音："你沿209号公路往B镇行驶，路过发电厂后的第一个隧道那里。"

　　卢鱼将烟头掐灭，找出钢笔跟笔记本："等等，我记下地址。"

　　……

　　当他挂上听筒后，拍一下前额有点泄气地说："该死的，我忘记自己数到哪儿了，应该是八十三支到八十五支之间。"这是一个不足以导致肺癌，但是可以导致支气管炎的数字。整个上午他都处于精神的深井里，在颓废中越陷越深，这种周期性的绝望对于他来说跟女人周期性的月经一样正常。这次是卡夫卡的电话将其从中拉了出来，但他不会像是从发生矿难的地下获救一样感动；相反，他还会眷恋那种自闭的状态。

　　因为每当告别那种状态，他就得为要重新适应别人而烦恼，只有独自一人的时候他才是完整的，每一次跟别人交谈都是让别人剥夺自己的过程，谎言是自我保护的外壳。当他驾车驶过冒白烟的发电厂不久后，看到了隧道口，也看到了停在路边的两辆警车跟向自己招手的卡夫卡。那里是车辆相对较少的的路段，是起点与终点之间的一点，所以通常过往的人不会留下，是适合抛弃宠物、抛弃凶器的场所。

踩下刹车将老旧的汽车停好后，卢鱼环顾荒凉的四周，踩过三叶草草地走到卡夫卡旁边。虽然没有拉起警戒线，但是另外两个巡警正在用卷尺测量隧道口的直径，一个巡警在靠山一面的护栏那里拍照，无疑这里肯定发生了什么。第六感相当敏锐的卢鱼没有不好的预感，毕竟早上出门没有横跨过断掉的树枝，没有看到死掉的乌鸦，没有不小心弄出流血的伤口。从直觉上来说，今天应该是和平的一天。

凝视着看不到尽头的隧道，仿佛那是另一个世界的入口："又没有发生两车相撞的车祸，你们在这里调查什么？"

卡夫卡随手翻动装订针固定的资料："一辆车牌号为S-K21126的蓝色雪佛兰汽车，在入口处的目击者看到它驶入隧道，可是在出口处的目击者没有看到它驶出。"

卢鱼捡起一颗石子，往隧道里掷去，没有回音："或许这不是隧道，而是巨大怪物的食道，它将嘴巴伪装成隧道口，等到那辆雪佛兰汽车进入后突然闭上，只要找到它的肛门，就可以在排泄物里找到那张车牌。"

在用手势示意拍照的巡警继续去护栏外拍照后，卡夫卡说："这样的解释可以省我们不少事，可以马上结案，因为我们对那种超现实的东西无能为力——今天我是第二次说这种话了，上午跟一个女人聊科幻小说的时候说过，我对她颇有好感，但也仅仅是好感，算是失败的约会。所以现实一点，不要跟我开这种玩笑，我还要继续工作。"

"医学上疼痛等级分为五级，从０度到Ⅳ度。"卢鱼后退一步，让用镊子采集土壤样品的巡警通过。其他人都戴了白手套，所以卢鱼只好将双手插进口袋里，以免别人指责他破坏现场："而真相则分两级，可以接受的真相跟不可以接受的真相，人们通常对后一种视而不见。"

远处一辆卡车的司机一边鸣笛一边减速驶近，正在工作的巡警们退到道路两边让他通过。虽然没有下雨，可他们的搜索依然一无所获，连一个轮胎或者一个后视镜都没有找到。他们目送装了一辆报废的变形轿车的卡车经过，轿车布满裂缝的前窗上沾染着凝固的血渍，然后他们继续工作。

"不管怎么说，那辆涉嫌毒品交易的汽车失踪了，跟隐身了一样。在那之前我们的人一直跟得好好的，到这里就断了，有人看到那辆车进入隧道，可五分钟后、半小时后、两小时后都没有在另一头出现，到现在我都还没有想到一个合情合理的解释。"卡夫卡往隧道那里走动，卢鱼跟了上去。

"我那个关于怪物食道的解释不够合情合理？"卢鱼说，"那是一辆涉嫌犯罪，被警方跟踪的汽车啊。"

"那样的解释不够合情合理，明白？现在不是开玩笑的时候。"卡夫卡说，"我们今天才盯上它，车主是个四十岁左右的外地人，身份背景不明。"

"那么这样的解释怎么样——那辆汽车可以隐身，不光肉眼看不到，是雷达也探测不到的高科技设备，也许驾驶者是拥有杀人执照的特工。"在隧道里，说话可以听到回音，卢鱼想到了战争，那时隧道将是可以躲避轰炸的防空洞。

"就此打住。"卡夫卡用命令的语气说道。

"得得，这条隧道长度是多少？"卢鱼并不想激怒卡夫卡。

"长度大约1.5km。"隧道内的灯光是橘红色的，让人联想到冲洗照片的红色灯光，虽然没有那么深，可还是能够冲洗出两个人内心深处的往事。前方迎面驶来一辆普通货车，在没有必要的情况下开了远光灯，两人退到靠墙的位置。听到回答后，原本想说自己在怪物肠道里行走的卢鱼改口说："那么，你找我到这里，是希望我协助你调查这辆涉嫌毒品交易的汽车失踪的事件吗？"

"不是，我是希望你去调查有主人的宠物猫连续被杀的事件，你产生这样的看法只是你的错觉。"卡夫卡蹲下来检查路面一摊已经干涸的油渍，食指轻微地揩一下，通过嗅觉可以判断是柴油，至少是一周以前产生的。

"宠物猫连续被杀的事件？"卢鱼流露出不满的语气。

"对，凶手将猫杀死后，还会将尸体的一部分寄给猫的主人，比如一只耳朵什么的。要知道，解决这种问题需要大量精力，得长时间蹲点监视，困难程度可能不亚于寻找一个杀人犯，但是破这种案子是受不到上层的重视的，有谁会关注猫的死活呢。所以委托你调查是最合适不过的。"卡夫卡站起来，原路返回地往出口走去。

"那么这起汽车失踪的案子呢？"卢鱼跟上去。

"跟你没有关系。"卡夫卡回答，"对于这样的安排是否感到介意？是否觉得作为侦探去调查猫的死亡有失身份？"

"不，我不在乎死的是猫还是人，我只在乎凶手的作案手法，有人用难以想象的手法去偷一个苹果的话，我也有兴趣花费一生去追查苹果的下落，这便是我。"到处嗅气味的警犬嗅了嗅卢鱼的鞋子，然后又移动到其他地方，它已经闻过了失踪的雪佛兰汽车司机的外套气味，正在寻找气味相似的东西。走出隧道后卢鱼感到一阵晕眩，仿佛血液无法及时输送到大脑，卡夫卡问他是不是身体出现了状况，他回答说没事，然后暂时闭上了眼睛。

当他睁开眼睛，视线内的东西跟闭眼前没有两样，或者说差异过于细微。他没有察觉眨眼之间可以容纳一个人的出现与消失，一只飞鸟的生与死。

即便搜索所有的口袋也没有找到香烟，卢鱼感到焦虑，香烟对于他而言是一种药物，他开始咬手指甲，这是他已经改掉很久的恶习。他回望隧道，仿佛里面跟外面存在温差："在那辆雪佛兰汽车进入隧道前是否有其他汽车进入隧道？比如那种大型货车，有六组轮胎的家伙。"

卡夫卡打开警车门，取出一瓶矿泉水喝了几口："为什么问这个？是有一辆红色的巨型货车在那之前进入隧道，长方形的车厢上有联合矿业公司的标志，应该装的是机床设备之类的东西。这有什么奇怪的吗？"

"是的，是有奇怪的地方。我想我找到合情合理的解释了。"卢鱼围绕警车走了一圈，其间敲了敲侧面的玻璃，"我想，那辆货车是接应那辆雪佛兰的，他们故意驶到来往车辆很少的这里，在隧道里面货车打开车门放下斜板，雪佛兰驶入车厢里面，然后收回斜板，关上车门。就这样，大车里套着小车，车牌号为S-K21126的汽车就不会出现在隧道出口，也不会出现在其他人视线里。"

卡夫卡若无其事地说："这的确是合情合理的解释，请继续，接着说下去。"

"接下来没有了，思路中断了，一如炉火在水壶中的热水还没有达到沸点前被熄灭，因为我的注意力要转去连环杀猫案那里了。"卢鱼掏出打火机想要点燃什么，最优先是香烟，其次是卡夫卡剃成平头的头发，最后是眼前这辆黑白两色的警车。他说："那么，关于那些被杀的宠物猫及其主人的资料呢？我需要资料，不然无从着手。"

"相关资料我复印了一份，在车里的副驾驶座位上。"卡夫卡再次打开车门将矿泉水瓶放回去，取出一个白色文件袋交给卢鱼，"喏，基本上资料都在这里了，当然，那些主人收到的物证——耳朵啦眼球啦脚掌啦之类的东西，想必你没有兴趣亲自检查，有法医的报告就足够了。有什么问题打电话问我，有什么进展打电话告诉我。"

"OK，我明白的。"卢鱼从文件袋里取出一张照片，是猫的头盖骨，片刻后他将照片装回，"那么我先回事务所了，当然我回去可能会发现事务所所在的那幢大楼已经被夷为平地。有房地产商看中了那块地，我并不关心他们想把那里改造成肥皂工厂还是洗浴中心。我先走了，你继续找那辆在这里绝对找不到的汽车吧。"

凝视着隧道深处的卡夫卡没有回答，他对于晴朗的天气感到厌倦，在这偏僻安静的场所，他似乎需要别人来告诉自己并不孤独。

回到车上，踩下油门转弯后，卢鱼透过后视镜可以看到那些身影正在渐渐变得模糊，虽然没有下雨，可他依然启动了雨刷器，那样他感觉可以调节自己的情绪。一会儿后，他觉得就这样原路返回没有意思——他可以做什么呢？可以故意撞向护栏制造一起不严重的车祸，可以调转方向去穿过那不算漫长的隧道绕远路回去。

他应该选择后者，若是需要理由的话，那就是因为他无法保证安全气囊能够及时打开，他对自己这辆二手车的质量没有信心。

于是他调转车头往隧道驶去，在路过卡夫卡的时候放下车窗向他招手，感觉上是在滑向无法挽回的黑洞，可他没有减速。在进入隧道前的一刻跟在进入隧道后的一刻有什么区别？

对他而言没有区别，或者说是类似于雪花跟雪花的区别。他没有就此坠入另一种生活当中，毕竟狭窄而且沉闷的甬道不是另一个世界的入口。大概1.5km的长度，将时速调到60km/h的卢鱼本该很快通过，但是他的困惑在感觉上延长了隧道的长度，就像镜子在视觉上拓宽了建筑内部的空间。相当无聊的过程，当驶出隧道重新看见浅蓝色的天空时，他有如做完一个漫长的噩梦："显然，这只是普通隧道。"

回到事务所所在的大楼下面时，他很高兴没有看到挖掘机跟推土机在消灭大楼。

在事务所里他首先做的是叫一份拉面外卖，再为几乎枯死的盆栽浇水，最后剪掉多余的手指甲。他似乎挺悠闲，毕竟不是规定上下班时间的糟糕工作，可以偷懒，可以走神，可以做与工作无关的事情。他也想过在这里养只宠物，是雇不起年轻女秘书的替代办法，一开始排除了多毛的猫和狗，然后排除了有毒的蜥蜴和蜘蛛，最后这件事不了了之，潜伏在暗处的蟑螂实际上成了他的宠物。

在等外卖来时他吸了四支烟，在吃完拉面后他又吸了六支烟，狭窄的空间里，他知道这样颓废的行为不可持续，可是中止它似乎比中止雨林里的游击战争要困难。大约又过了半个小时，他终于下定决心，其标志不是掐灭烟蒂，而是缩小瞳孔——变得可以专注于一件事情，他从文件袋里取出资料。

他开始翻看资料，其中一页上沾有散发花椰菜气息的油渍，另一页上沾有墨色的指纹，还有一页上沾有女性的睫毛——通过这些他可以推理卡夫卡的行为，在晚上加班时一边吃有花椰菜的盒饭一边复印资料，另一个在档案室加班的女警出现在他面前，两个人调情，女警的一根睫毛落在上面。卢鱼推理出一个爱情版本的故事，当然他也明白，只有这三点线索的话也可以推理出完全不同的悬疑故事或者无聊故事，只是支撑起那一切的不是那三点线索，而是自己的虚构能力。

　　第一起杀猫案发生在大约四个月前，遇害者是一只纯白色的波斯猫，主人收到了一条它的白色尾巴，不是快递寄来的。最近一起杀猫案发生于大约一周前，遇害者是一只橘黄色暹罗猫，主人收到了一只它的耳朵，也不是快递寄来的。包装尸体的盒子上除了收货的主人的指纹外，没有其他人的指纹，凶手应该是戴手套作案的。遭到连环杀手杀害的猫一共十六只——当第九只猫遇害后，凶手停止作案了一段时间，警方一度认为凶手作案只是为了讽刺猫有九条命的说法，但是第十只猫的遇害推翻了这一假设。一共有十六个主人收到了自己的猫尸体的一部分，所有的包装里都有一张纸条，上面粘贴着一排从报纸或者书上剪下的黑体字——

　　猫没有脚步声，哦，猫也没有心跳声。

　　警方立案调查的理由是公民的财产安全受到侵害，而不是宠物猫的生命权受到了侵害。不过卢鱼并不关注这点，他更关注的是这些猫的主人都是单身这点。

　　他拉开右边从下往上数的第二张抽屉，取出放大镜，对一张张尸体碎块的照片进行检查，其中一张打动了他，上面是杂交猫宝石般的蓝瞳仁眼球。透过放大镜可以清楚看到，眼球上倒映出拍照的男性巡警，只有在传说中，死者眼球上才会保留临死一刻看到的凶手影像。他长时间凝视着，仿佛是在欣赏一件艺术品，直到觉得那只眼睛也在看自己为止。

　　详细地看了十六只猫的照片，里面有一只无毛猫，也就是斯芬克斯猫。光是触摸照片就像是触摸到了那充满褶皱的皮肤，导致卢鱼浑身起鸡皮疙瘩，特意将那张照片正面朝下。考古学家得通过一根骨头推断出一只恐龙的结构，而他得通过一堆资料推断出凶案发生的经过，这是非常复杂的拼图游戏。

时间在一分一秒地飞速流逝当中。

出现紧迫感的他感到恐惧，他决定暂停一下，他并不为这样的间隙里可能有新的猫遇害而担忧，站立起来转身面对窗户，扭动手指关节制造出清脆的骨声："过去一天，世界上发生了三十三起恐怖袭击，四百七十五件强奸案，一百零五桩自杀未遂的事件——而我，在这里要为十六只猫的冤魂讨回公道。"

十六个主人当中，有一个脾气古怪的哲学系女教授，她的猫是那只无毛的斯芬克斯猫。她有过三段失败的婚姻，目前单身，属于更年期提前到来，不再有月经，对待自己苛刻但是对待别人更加苛刻的那种类型。是个性冷淡，有用玻璃瓶收集自己脱落的死皮的习惯，需要安眠药才能正常睡觉。在学校选她课的人不多也不少，其中大部分是交不到男朋友的女性，在课堂上她总是会谈到婚姻，而谈到婚姻总是会谈到男人，而谈到男人她一定会咬牙切齿。她第二个丈夫死于阑尾摘除手术，貌似跟她有某种关系。

卢鱼觉得无毛猫有这样的主人真是绝配，光是文字资料就已经让他对那个女人不寒而栗，若是配上她的照片，会给他的心理造成严重阴影。另外，调查猫的死因却搜集出主人这么多隐私，他怀疑搜集这份资料的巡警有独特的癖好。综合资料，可以知道其他十五只猫的主人跟这个哲学系女教授一样，都是性格孤僻，独自居住，有各式各样心理问题的怪人。

想到自己要去见那群精神病人，卢鱼就感到压抑，仿佛是要去参加谁的葬礼一样。不过最新遇害的那只橘黄色暹罗猫的主人，的确要为自己的宠物举办一场葬礼，时间就定在明天，卢鱼决定参加，晚上就会去租一套黑色西装。那个主人将会将仅有的那只耳朵下葬在宠物公共墓地，会有乐队演奏。

认为明天会下雨的卢鱼还计划买黑色雨伞，或者黑色雨衣。资料里有一点引起了他的特别注意，那就是实际上有十九个人报案声称自己的猫遇害，自己收到了一个装有尸体碎块的包裹。但是经过调查以后发现，其中三人是自己杀害了自己的宠物猫，然后栽赃给那个连环杀手，动机都是出于对那个连环杀手的崇拜，想要为他增添一起罪行，增添一份荣耀，所以模仿凶手的作案手法杀害宠物猫。但是那三个人的手法过于粗糙，漏洞百出，几乎一眼就可以看穿他们的谎言，对于他们的惩罚是罚款了事。在剔除了这三起杀猫案后，剩下的十六起凶案被判断为同一个凶手所为，手法基本一致。

光线穿过窗户照在卢鱼背上，他找出一块三棱镜跟一块平面镜，做起阳光散射的实验，不知道是不是他眼睛色弱的关系，他并没有从散射出的色带上分辨出七种颜色，只分辨出四种。他通过这种游戏让紧绷的神经放松，让自己暂时忘记烦恼，是转移注意力的办法。他并非那种制定表格，分出喜欢的东西和讨厌的东西那类人，他热衷于模糊而非明确，这样可以让别人猜不透自己。

他已经在心里建构起连环杀猫案的基本模型，正确的做法是等待下一起杀猫案发生，创造跟凶手直接接触的机会。

他选择了错误的做法，那就是明天身穿黑色西装手持黑色雨伞，去参加暹罗猫的葬礼。争取在下一次杀猫案出现之前抓住凶手，防止自己得再一次参加猫的葬礼。说到葬礼，他最想参加的不是猫的葬礼，而是自己的葬礼。

在记忆中他已经埋葬了许多个自己，不是通过自杀这一形式，而是通过遗忘这一形式，每次都像用旧衬衫包住旧皮鞋然后埋掉一样简单。

第二天是个雨天，到处都下着淅淅沥沥的小雨，一会儿停一会儿又下。那只橘黄色暹罗猫的葬礼在动物公墓举行，它的主人是个花店店主，人缘不好，在卢鱼穿着黑色西装手持黑色雨伞出现之前，除了在一旁冒雨演奏的乐队，只有它的主人独自参加葬礼。一个手持蓝色雨伞的女人经过时，望着林立的大大小小的墓碑，为双手抱着小型棺材的他拍摄了一张照片，然后向其他方向走去。

女人走后很久，一层雨衣套着一层西装的主人将小型棺材放进浅坑里，然后自己封土，这时身着黑色西装手持黑色雨伞的卢鱼才赶到。他本不需要对于迟到表示歉意，因为他本来就是不速之客，他发现暹罗猫的主人并不悲伤，完全不像是在做跟死亡相关的事情。但是出于礼貌卢鱼说:"抱歉——抱歉,昨天通知你说我会来,可居然迟到了,我就是调查这件事的侦探。看上去,你跟它的最后一面没有留下遗憾。"

完成了封土的主人将铁铲扔到一边,按时间收费的乐队停止了奏乐,因为暹罗猫的主人只付了一小时的钱,他们略微鞠躬,再如同一群黑色乌鸦般离去,其中一个说要去修复断了弦的小提琴。主人的呼吸渐渐不那么急促了:"是的,最后一次相处时,沙丁鱼也喂它吃了,爪子也给它修剪了,睡前故事也跟它讲了——次日它就遭到了毒手。"

雨又暂时停了,卢鱼收起雨伞:"就跟预感到什么似的,对吧。"

对方没有回答,卷起沾有泥点的裤腿。

卢鱼说:"嗳,在这之前我从不知道城里有专门为动物设立的公墓。"

对方说:"荨麻的左边埋葬的是拉布拉多犬,右边是金刚鹦鹉,而后面是一种马达加斯加蜥蜴——也就是变色龙,它的亡魂将与它们为邻。"

卢鱼说:"真是稀奇,我刚刚路过一块巨大的墓碑,比我还要高。"

对方说:"那是大象的墓地。"

卢鱼说:"大象?"

对方说:"动物园的大象,擅长各种表演,曾经很受欢迎,它去世后人们捐款为它举办了葬礼。"

"原来如此。"卢鱼改变话题,"等等,根据你的说法,在猫失踪三天后，你才收到那只耳朵的吧，你怎么知道它是在次日遇害的呢？"

对方说："通过猫耳的腐烂程度得出的判断。"

卢鱼说："嗯，这是合情合理的解释。"

对方又没有回答，再次卷高沾有泥点的裤腿。

卢鱼郑重地往前一步三鞠躬，仿佛死去的是一位重要的友人，他随性说出一段没有写草稿的悼词："生是命运的入口而死是命运的出口，对于暹罗猫荨麻而言也是如此——是叫荨麻吧？尽管方式并不完美，它还是寻找到了自身的终点。作为被阉割的雄性，死弥合了生命原本具备的不完美性，通过失去自我，它成为众生……唯一的遗憾是，它的离去对主人而言乃是不幸……"

荨麻的主人冷漠地说："也不算什么不幸，死去一只猫，买另一只猫就好了。"对他而言荨麻只是玩具，可以在开心时抚摸它，可以在难过时虐待它。

卢鱼说："那又为什么特意举办葬礼？"

对方露出凄楚的微笑继续说："你或许误解了猫跟葬礼的关系——也许我不是因为爱猫所以为猫举行葬礼，而是因为我爱葬礼而为猫举办葬礼。"

"那么是否可以说，因为需要葬礼所以需要荨麻的死？"卢鱼漫不经心地说，从后面埋葬变色龙的坟墓那里摘下一朵野花，放置于荨麻的墓前。

"不可以，那是在对我的话进行过度解读。现在葬礼结束了，谢谢你作为陌生人参加荨麻的葬礼，现在应该离开让它安息了。"他在暗示不仅自己该离开，卢鱼也该离开。在他走开前，卢鱼说："我想提出一个假设，仅仅是个假设——假设一个凶手以杀人的心态使用杀人的手法杀死一只猫，那么是否可以按照对杀人这一罪行的惩罚，来惩罚他杀猫的罪行？"

"没办法的，两个窃贼，在同一时间通过相同手法进入同一间卧室，分别偷走一枚钻石戒指与一张废纸，法律的判决也会不同，因为法律注重结果甚于注重过程。"对方短暂地停住，然后继续离开。

卢鱼说："那我再假设一下，假设是你杀死了荨麻，而动机是通过杀死一只猫来满足自己的犯罪欲望，就像通过一片树叶说自己得到了森林。"

对方说："为什么这样认为？"

卢鱼说："合理范围内的猜想。"

对方说："你没有证据。"

卢鱼说："问题不在于没有证据，问题在于即便找到证据也无法判处你的死刑，只能进行罚款——努力的调查和轻微的判决并不等价，是很不划算的交易，这就是那些在博物馆随地吐痰、在火车上逃票、在图书馆里偷书的人能够逍遥法外的原因，他们在犯罪，可是罪行不够严重。"

对方没有回头："啊，那我对此表示遗憾。"

在他离开后，卢鱼也走向自己那辆停在外面的二手车，他发现车盖上沾着几堆灰白色的鸟粪。他说："希望荨麻能够安息，另外我讨厌葬礼，不过没有讨厌婚礼那么讨厌。"

雨又开始下了，接下来他还要去拜访另外十五只猫的主人，想到那个目光冰冷的哲学系女教授，他感到一阵战栗。

大约一周以后，又是一个雨天。卢鱼穿了白色短袖配深棕色半长裤，手持雨伞站在警局前面，腋下夹着一份文件夹，简单地检查自己的衣着后，将手中还剩下一半的香烟扔到混凝土地面上，用脚踩灭。在他的记忆中，他自己曾经也是个巡警，因为警匪片的缘故憧憬在摩天大楼间驾驶鸣笛的警车横冲直撞，追踪一直跑在前面的不遵守交通规则的黑帮汽车，自己不断朝他们开枪，他们不断朝自己开枪，不过谁也射不中谁。然而事与愿违，迫于各种现实他报考的不是刑警，工作是日复一日地重复一件事情，在前台保持微笑，替别人办理或者注销身份证，是枪都很少摸到的标准上班族。

过了一段时间后他辞去职务，成了一名侦探。

警局不仅仅是一座建筑物，它是以威权这一形式建立在所有人心中。出于一种正确的偏见，普通人对于警局的感觉总是负面的，甚至相信这样的公式：警局等于监狱，监狱等于死刑场——所以警局等于死刑场。

在警局里面，众多的走廊也不至于导致人迷路，毕竟不是长满蕨类植物的热带雨林，在里面不需要指南针。跟其他人不同，卢鱼每次进入里面都会发现变化，哪怕是盆栽移动了位置他也会记住，因为他要随时适应跟之前不同的情况。

他首先去了办公室，其他人告诉他卡夫卡在档案室。在档案室，其他人告诉他卡夫卡在拘留室。在拘留室，其他人告诉他卡夫卡在审讯室。卢鱼开始害怕自己陷入了某种迷宫当中，永远也找不到卡夫卡，不断接受其他人的指引可能是在不断扩大偏差，也许其他人在阻止他找到卡夫卡，继续接受别人的指引的话也许他永远找不到卡夫卡。在审讯室，其他人告诉他，卡夫卡在办公室。

得得，寻找回到了起点，他没有开始在走廊徘徊，进行絮叨的独白，指责建筑物的结构是臃肿迟钝的官僚机构的缩影，折射了荒谬的社会上形形色色被扭曲的人类出于欲望的驱动在蜂巢般阶级分明的世界上建造一个个消费的六边形来框限所有的情感关系，让那个只知道疯狂交配后疯狂繁殖的蜂后继续吃吃吃吃吃吃吃吃吃吃到它自己被工蜂们吃掉为止，并且中途去喝一杯过滤后有怪味的矿泉水，捡起一片走廊上本不该有的枫叶去辨别上面指纹般暗示命运的脉络……

他只是耸耸肩膀没有表示不满。终于，在办公室里，卢鱼跟卡夫卡隔着黑漆木桌面对面。这样的情形似乎不适合交谈，适合通过只装了一颗子弹的左轮手枪玩俄罗斯轮盘。卡夫卡首先开口："那么，你昨天打电话说连环杀猫案的真相基本查清楚了，跟我详细说说是怎么一回事吧。"

"事情差不多弄清楚了。"卢鱼将文件夹放在桌面上，往卡夫卡的位置推去，刷成雪白色的墙给他一种压抑感，"那辆车牌号为S-K21126的雪佛兰汽车，就是那辆车在隧道里突然失踪的事情调查得怎么样了？仍旧没有进展？需要我协助调查吗？"

"不需要了，那个案子已经破了，跟你想象的一样——

就是雪佛兰汽车在隧道里驶进大型货车车厢里的假设。我们找到了那辆大型货车的司机，再顺藤摸瓜找到了那辆雪佛兰汽车，仅此而已。"卡夫卡故意拗断一支铅笔，然后用小刀削起来，再将木屑收集进瓶子里，"那么，那个针对宠物猫的连环杀手，我们确定代号为猫头鹰的凶手是谁？住在哪里？动机是什么？"

"一共有十六个凶手，而不是一个凶手。"卢鱼说。

"什么？十六个凶手？"卡夫卡不小心割伤了手指，他将其伸进双唇之间吮吸。

没有谁去动空调遥控器，可两个人都觉得温度降低到冰点，需要点燃旧书本取暖的地步。卢鱼非常认真地说："是的，所有的案件存在的共同点有三点——

"第一：遇害的都是猫。

"第二：主人们都会收到装有一部分尸体跟纸条的包裹。

"第三：这些通常待在家里的宠物失踪时都没有目击者——起码那些主人都回答没有看见。

"要知道，这几个共同点都并非难以复制，简直是可以批量生产。另外，你听过这样的故事没有，一个普通水池里一枚硬币也没有，有一天一个游客对它投下硬币许下愿望，其他人开始模仿，对水池投下硬币许下愿望，那就变成了一个许愿池，许多传说都是根据这种方式出现的……"

搜索了所有的抽屉都没有找到创可贴后，灰心的卡夫卡用面巾纸缠绕手指："别插进题外话好吗？麻烦回到连环杀猫案本身，我希望尽快解决这件事，可能接下来要你去调查的不是连环杀猫案——而是专门针对艺术家的连环杀人案。"

卢鱼找到了空调开关，将温度调高了三度："你包扎伤口的方式非常专业，如果需要，我现在可以去替你买点绷带。"

稍微沉默了一下，卡夫卡看了看手表显示的时间："不是说了吗，别插进题外话好吗？想跟你谈一下关于一个吉他手失踪的事情。"

而略微转动转椅的卢鱼回答："OK，我的看法就是，只有第一起杀猫案是针对猫本身，那是只纯白色的叫核桃的波斯猫。而接下来的十五起事件，都是那些性格变态的主人对第一个凶手犯罪的模仿，将自己犯下的罪行归于第一个凶手，是出于畸形的崇拜心理，是想通过增加案件来增加凶手的传奇性。他们杀害自己的宠物猫然后报案，实际上一共有十八个模仿者，有三个因为模仿技术太差而在之前被警方识破，但是剩下的没有被识破，他们完成作业般完成了谋杀。

"怎么说呢，类似于在考试中监考老师抓到了几个人作弊，他以为自己已经制止了这种现象，可实际上，差不多全部的人都是作弊者，都以自己的方式进行了欺骗。"

卡夫卡说："他们合谋的吗？存在有共同纲领并且定期集会的杀猫党？所以才会在不同时间不同地点，以相同手法犯案？某种意义上他们是无罪的，因为他们损坏的是自己的财产，毕竟目前没有保护猫的法律。"

卢鱼说："不是，他们互不相识，类似于一个电灯吸引了一群飞蛾，一起杀猫案吸引了一群原本就有犯罪意识的性格变态的宠物猫主人。他们连续犯案创造出一个本不存在的杀手，第一只猫的死宛若一个缺口，导致那些人内心由虚伪密封起来的恶意渗透出去。如果不采取措施，放任事情像多米诺骨牌一样一块接着一块倒下去，会有越来越多模仿者参与的，掀起杀猫的流行浪潮。等到那时，就不是一个连环杀猫的罪犯被世人内心的犯罪欲望创造出来，而是一个连环杀猫的神被世人内心的犯罪欲望创造出来。这是一种连锁反应，有如一只蝴蝶扇动翅膀造成的严重后果。"

卡夫卡说："那么，应该将十五人抓起来？"

卢鱼说："因为他们杀死了自己的宠物？那么杀死瓢虫、杀死蜘蛛、杀死蟋蟀的人呢？他们打了一个擦边球，让警方无法重视也不能忽略，对他们唯一的处罚理由是欺骗警方。也许——应该针对的不是他们这些凶手本身。"

打开面前的文件夹，卡夫卡翻看卢鱼整理出来的文字资料、偷拍的照片、录音的磁带："你还真是不屈不挠，搜集了这么多的证据，为的是替猫的冤魂讨回公道？你已经证明了自己的猜想——看来如你所说，不存在连续杀猫的凶手。一切原本是一张白纸，当第一个人画出犄角，然后不断有人添枝加叶，想虚构出一个魔鬼。那么，在你没有找到任何一具尸体的情况下，我们应该怎样处理，怎样面对大众内心的罪恶？"

卢鱼说："在有人用剪下的黑体字拼凑出'人没有脚

步声，哦，人也没有心跳声’之前，也就是杀人犯开始模仿这种行为之前，宣布连环杀猫案的凶手已经被捕，而且要虚构那个凶手的生平，形容他是一个在现实中会偷女性内衣、会偷超市糖果的猥琐小人，让那些崇拜者失望，消除普通人心里的那个形象冷酷的凶手，防止下一个模仿者出现。尽管不同时间不同地点还是会有猫遇害，但是不会再被归咎于一个虚构的人物。”

将转椅一百八十度旋转后，卡夫卡背对着卢鱼，略微拉开窗户让一只蛾子飞出。他说：“面对虚构出来的凶手，最好在虚构中将其逮捕。杀死第一只猫，也就是杀死核桃的凶手，不管是怎样心理阴暗的弱者——那实际上都不是我们的敌人。我们的敌人，是原本分散在不同人心中，现在却聚集于一个谎言虚构中的罪恶。你说的办法是唯一的办法——我会在会议上提出的。”

卢鱼说：“那再好不过。”

卡夫卡说：“那么，接下来谈谈失踪的吉他手。”

现在是白天，无论开关灯都是。不会发芽的蒲公英种子随风飘进室内，在其中一条走廊上落下，选择了错误的着陆点。卢鱼回过头来，目光穿过窗户，穿过窗户后的窗户……最终抵达外面的街道，视线经过各种颜色的玻璃过滤，已经无法辨别路边的那一排树木。

伪侦探小说 四

　　关于城市，有濒临浑浊大海的城市，它的无数条管道插入海洋体内，像是在进行不分昼夜的交媾。涨潮时海水会漫过所有窗户，有鳍类生物会游入占据所有建筑物，而退潮时车辆来来去去，人类在里面照常工作生活。这是不知道最先属于人类还是鱼类，也不知道最终会属于人类还是鱼类的城市。有被蜘蛛网般密集的铁路线围绕的城市，交通过度发达，导致每一个来到的人最终都会离开，在火车站很容易买到去往其他地方的车票，对于人们而言它太随便了，随便地将自己的一切展现出来。而对于城市而言，它喜欢来自他乡的陌生人，讨厌定居下来了解自己每一个藏污纳垢的角落的人，因为对刚刚下车充满好奇的人而言，城市是崭新的而且美貌的；相反，一旦长时间定居就容易觉得城市陈旧而且丑陋。——以上描写是对卡尔维诺的一种致意，或者说模仿。

　　当然，现在需要详细说明的是卢鱼所在的城市，是以卢鱼为轴心画出的圆形范围内的建筑群。相较于上述城市，卢鱼所在的城市看上去简单普通，普通的街道、普通的楼房、普通的交通系统，它不是因为普通所以显得普通，而是因为应该普通所以显得普通。

卢鱼置身其中，总会觉得从内部看不到井然有序的城市全貌。现在，他站在郊区的旷野上，远处是城市建筑物的不规则天际线，他才意识到无论从哪个角度都只能看到一个侧面，一个轮廓。风吹过因为路线改道而废弃的铁轨，他跨过一根根腐朽的枕木。他的目的地是远处两层的白色房子，从远处慢慢接近，每隔一段距离就穿过幽暗的隧道。

他步行抵达白色房子的门前，按响门铃。

"你好，请问有人在吗？"

相当中规中矩的问候，然而房子内没有任何反应。他又按了一下门铃："我叫卢鱼，是一名侦探，受人委托前来拜访，有些问题需要请教。"

别墅内依然没有任何反应，像是已经空了的蜗牛壳，敲击能够得到的只是回音。想知道里面有没有人，最简单的办法是拎起汽油桶浇在易燃部位上再用打火机点火。这样，不光里面有没有人，里面有没有老鼠、有没有白蚁也能一清二楚。当然卢鱼不可能那样做，他围绕建筑物敲击每一扇窗户，在回到原点后说："如果今天不在的话我明天来拜访，如果明天不在的话我后天来拜访……"

终于，里面传出了走下楼梯的脚步声，比女人的脚步声沉重。卢鱼将衣领的拉链从锁骨位置拉到从下往上数第四根肋骨的位置，对于即将要面对的人物他缺乏紧张感，似乎还能抽出时间去墙角检查水表的度数。里面的动静由远及近，当门扉打开后看到的是一名瘦弱的戴眼镜的年轻男子，他近似于倒三角形的眼睛里目光漂移不定，在打开门的同时就准备关上门。两人都给对方留下了糟糕的第一印象，那个年轻人缓缓开口："侦探是吧，为什么来之前没有电话通知一下？这样的会面很是尴尬。"

"为了让你没有准备。"卢鱼伸出手，但是对方没有握住的意思，他只好收回，然后询问，"这幢房子的主人应该是高雨声先生吧，请问你和他是什么关系。"

"他是我的祖父，我叫高数。"高数想要转动有点卡住的门把手，"为了让我措手不及啊——那样的话，你似乎已经认定我是一个犯罪嫌疑人了。"

"哪里，想哪儿去了。"卢鱼说，"想问一下，在西边已经废弃的隔离医院那里，就是西班牙流感爆发时期建立的隔离医院——是否住着一个吉他手？一个曾经颇有名气的歌手，会吸大麻，没有女人拜访。他艺名叫重金属，前段时间还会在一些三流酒吧驻唱。他是住在废弃医院那里吗？"

"不是。"高数回答，"住在那里的是个画卖不出去的画家，相当年轻，年纪应该跟我差不多，其他的了解不多，会不会吸大麻不知道，有没有女人也不知道。我每次骑摩托车经过都会看到他在靠窗的位置画画，仿佛他是个机器人一般，不会看到他在院落里开垦荒草地种植西红柿，不会看到他修理坍塌的一部分围墙……这就是你来到这里想要问的问题？"

"不是，这是跟我真正要问的问题无关的问题，类似于谈到今天的天气或者世界另一头的恐怖袭击。"卢鱼转过头去，凝视铁路线上驶过的一列绿皮火车，"我希望看到铁路线上驶过一辆蒸汽火车。"

"那么为什么要问无关的问题、说无关的话？"

"因为一个人在回答跟自己无关的问题，听跟自己无关的话时，是警戒心最弱的时候。"卢鱼又转过头来，目光深入室内墙壁上的圆形时钟那里，他在考虑是否要进一步采取咄咄逼人的行动，压迫对方的心理，"可以进去说话吗？如果里面有一具尸体正倒在血泊里，还没来得及处理掉的话，不同意也是可以理解的。"

"请进。"高数做出手势。

从家具的摆设到室内装潢，都显示这是个普通的家庭，卢鱼故意走近楼梯再折回，到厨房的水池那里拧开水龙头，给双手擦上肥皂开始仔细地洗手，而高数伫立在客厅中央，一动不动，默许卢鱼以这样的方式搞清楚一楼的平面结构。他的行动越来越放肆，从打开鞋柜改变一双皮鞋的位置，到打开燃气灶用小火为自己点上一支香烟。他在熟悉这里的环境，就像一个新手在学习怎样开一部汽车，再这样下去，他会比高数更加了解这里，更像这里的主人。

高数说："你到底在做什么？在没有搜查证的情况下进行搜查吗？"

卢鱼回答："在测试你的忍耐力的极限。"

"那么，"由于烟味高数咳嗽起来，到冰箱那里取出一根胡萝卜咬了一口，"我的忍耐力已经到极限了，麻烦你不要在这里吸烟，那让我感到窒息。"

卢鱼说："你应该说——该死的，不要在这里吸烟！"

高数说："该死的，不要在这里吸烟！"

"OK。"卢鱼将烟头在水池底掐灭，扔进垃圾桶。再次打开水龙头洗手后走到客厅中央，抬头凝望吊灯："你知道吗？昨天我去过住在废弃医院的画家那里，也去了一个地下刊物印刷厂的管理人跟一个花店店主那里。当然我要说明的是，我故意问错误的问题——毕竟废弃医院目前并没有居住着一个过气歌手，是为了将我所了解的画家跟你所了解的画家进行对比，通过共同的参照物分析出我跟你的区别。怎么说呢，是一种不严谨的实验，无法对你得出结论。"

"我已经对你得出了结论。"高数坐在沙发上，不知道应该利用电视还是鱼缸将自己的注意力从卢鱼那里转移，"一个让我讨厌的人，从一开始你就试图控制局面，想玩猫和老鼠的游戏，我无法压制我对你的反感。"

"没什么的，请尽情厌恶我，哪怕是憎恨都没关系。"卢鱼坐在高数对面的沙发上，"另外，我并不想玩猫与鼠的游戏，我想玩猫与猫的游戏。"

"说说你的目的吧。"高数将最后一截胡萝卜送进嘴里，烦躁地凝视对方，很明显卢鱼的到来打断了他的某种行为，是比睡眠更重要的事情。

卢鱼说："我很想猜测你所做的由于我的到来而中断了的行为——不过还是直接进入主题吧。你的祖父，也就是高雨声先生，在二十八年前从铁道部三十四局退休后，每个月的退休金都被按时领取——这是很正常的，可到今年他老人家应该是九十三周岁了吧，高寿是件值得庆贺的事情，但是根据附近居民的回答来看，他已经相当长时间没有露面，最后一次被人目击到他的活动是在五年前，跟濒临灭绝的白尾叶猴最后一次被人目击的时间差不多呢。因此，铁道部三十四局合理怀疑他已经过世，而他唯一的亲人——也就是你隐瞒了这一情况，继续按时领取他的退休金，从法律的角度来说这是一种欺诈，所以委托我前来调查这件事，只需要让我见一见你的祖父就行。"

高数说："我的祖父依旧健在，只是不愿意出门而已。"

卢鱼以食指抵住太阳穴："之前三十四局两次派人来看望老员工，然而都被你以种种理由拒之门外，所以他们才会委托我前来调查此事，在来到你家之前我就询问过附近的居民你家的情况，还顺便买了一包鱼干喂流浪猫，要知道我不仅跟你打听画家的情况，也会跟画家打听你的情况——一个没有工作总是骑摩托车经过医院的年轻人，他还替你画了一幅肖像，是根据想象画的裸体肖像。"

高数说："我的祖父依旧健在，只是不愿意出门而已。"

"原因呢？是因为中风的缘故？还是他已经去世，被你偷偷埋在房子周围的某丛车前草下面？没有见到他本人我是不会相信的。"卢鱼从钱包取出各式各样的证件，"这是我的侦探资格证明，这是三十四局的委托书，这是我跟警方的合作协议，抱歉，这是我的献血证。"

"够了，"高数做出暂停的手势，"继续任由你猜测下去，关于我的住所会出现不同版本的故事。我的祖父不想见外人，他也不想见我，整天将自己关在房间里研究自己的东西。我准时把食物端到他房门口，再准时去把盘子端走，这便是我们每天仅有的交集。我们平行地生活在这样狭小的空间——因为他患上了自闭症，不愿意跟任何人交流，他看见我，会以为看见以前的自己，认为我只是他在水中的倒影——他的精神已经不是很正常了。你可以自己去探望他，楼上走道尽头左边的房间，那样你的猜测就会被事实否定。"

"非常感谢。"卢鱼在楼梯口脱下鞋子，踩出非常细微的声响走上楼梯，在走道尽头左边的房间前敲门。他知道他不会得到回应，于是拧动没有反锁的门把手，门开的同时也嗅到了一种气味，垂死的气味，那个老人的气味渗透了房间的所有角落。一个老人正在窗前背对着自己，放大的影子投映在纤尘不染的地板上，整个房间看上去一目了然，构造比海螺简单。如果老人是躺在床上跟毛毯难分难解的腐烂尸体，那他就是这幢建筑物里寄生虫扩散的源头。可是他仍旧在呼吸，在通过立式望远镜观察远处的什么，他是这幢建筑物里孤独这一情感的源头。他相当瘦弱，戴了眼镜，卢鱼误以为看到了年老后的高数。

在一次次鼓起勇气又泄气后，卢鱼握紧门把手，就像是在风暴中抓住固定位置的铁锚："打扰了，您以前工作的部门，铁道部三十四局委托我来了解您的身体状况——您是在白天通过望远镜观察星星吗？"

老人没有回应他的问题，他开始移动，到角落处的藤椅那里去。卢鱼掏出一张照片，是三十年前高雨声与同事合影的照片，将三十年前的老人跟现在的老人进行比对：
"听说您在研究什么东西，把铁转变为金的炼金术吗？还
是能解决一切问题的万能公式？或者不停工作的永动机？

"也就是说——您在研究不可能的事情吗？"

老人所在的藤椅正轻微摇晃，似乎他对于声音不会
产生任何反应，也许对于别人的行动也不会产生任何反
应。某种意义上老人只是房间里一件难看而且过时的摆
设，于是卢鱼直接来到窗前，透过望远镜观看老人研究的
东西——他看到远方的一幢房屋，透过没有窗帘的窗户看
到一间女性的卧室，里面的摆设告诉他那属于年轻的单身
女人。

他回过头来："您是在偷窥一个女人。"

老人终于说话了，让他觉得像是向日葵说话了一样：
"我是在研究一个女人。"

"无论是棕榈树还是椰子树，都是比您更合适的自闭
者，它们不仅保持沉默，切开树皮的伤痛也要很长时间才
能反应过来。而您，哪怕是被荆棘刺了一下手，也可以马
上在面孔上看到反应。"

卢鱼回头继续观察那个卧室，那里的床铺上尽管有
褶皱可是空无一人，一张桌子打开的抽屉甚至没有推回原
位，起码他看到的就是如此。老人回答："我类似于上锁
的箱子，对别人沉默是因为别人没有找到钥匙，而你找到
了。她是个年轻女人，尤其是她的头发十分亮眼，观察
她，我就像是观察一颗恒星，我可以了解她但是不可以理
解她。"

当再次通过望远镜观察那间卧室时，卢鱼看到有褶皱的床铺上出现了一本书，而原本打开的抽屉也推回了原位，最显眼的是在床头柜的空花瓶里插上了一束水仙花，可是依旧空无一人，起码他看到的就是如此："也就是说，您偷窥她，了解对方的癖好，但是不会有更进一步的行动？"

"我无能为力，我不是在身体上遭到了阉割，我是在精神上遭到了阉割。"老人伸手从书架上取下一本《昆虫记》，没有打开，只是用手摩挲着硬壳封面，仿佛是在摩挲着女人的胴体。

卢鱼移开视线："请放心，没有人委托我调查您偷窥的事情，我并不关注这个。打开房门前，我还担心里面地板上有一只巨大的甲虫，要是你变成了甲虫，那么无法跟家人沟通这一点就得到了完美的解释。幸好，您只是有点独特的嗜好而已，可否跟我照张合影，这样我也可以回去交差了。"

"可以。"老人回答。

在合影后卢鱼走到房门前，打开房门："那么告辞了，您的孙子应该在楼下等得不耐烦了，他讨厌我，期待我的消失。"

老人将书放回书架上："孙子？三十年前妻子去世后我一直孤身一人，没有其他亲人。"

卢鱼说："但是……在楼下我明明见到他了……"

老人打断他："那应该是你的幻觉。"

卢鱼说："这是幢可以容纳多人的建筑物。"

老人说："但是现在只剩下我。"

卢鱼沉默地退出房间，走到楼梯尽头穿上鞋子，发现一楼已经空无一人，不见高数的踪影，他感觉到一种深入骨髓的恐惧，飞快地离开别墅，在田野上向自己的汽车奔跑而去。他想，也许老人调整了望远镜的角度正在窥视自己。

三天后，当卢鱼再次站在那片寂静的原野上时，正是适合放风筝的时刻，他手中拿着一根车前草，正在犹豫应该先前往高雨声那里还是高雨声偷窥的女生那里。掏出一枚硬币决定去向是不明智的，不断拈去车前草的叶子通过最后一片是单数还是双数决定去向也是不明智的——

他应该首先去高雨声那里。

不，他应该首先去高雨声偷窥的那个女生那里。

那样的话，他应该在半个小时后出发。原野上存在众多交错的小径。他站在其中一条上面，聆听远处大车驶过的声音，甚至走到草丛里捡起一只反光的自行车轮胎。大约半个小时后，也就是在错过了不该遇上的人之后，他走向那个女生的住所，在紧闭的大门前伫立，跟从望远镜里看到的一样，那是幢更类似缩小版苏联标准楼的建筑，没有特色。

他连续呼喊但是得不到回应，连回音都没有，通过装有防盗网的窗户可以看到厨房，很明显，某个人刚刚离开。为了调查，有时他会做法律禁止的行为，比如现在。通过一根铁丝他轻而易举地撬开锁进入室内，像是参观博物馆般不轻易触碰任何东西，以免留下指纹。他出现在女生的卧室，为的是出现在通过望远镜偷窥的高雨声眼中。接下来该做什么呢？

他做的是从角落里找到伸缩式望远镜，在没有窗帘的窗户前，用正确的使用方法通过望远镜瞄准远方——也就是正在使用立式望远镜偷窥的高雨声，可以清楚看到高雨声惊恐地移开面孔，往暗处走去。卢鱼是在提醒高雨声，也许不仅是他在偷窥她，也许她也在偷窥他。

卢鱼擦拭掉镜筒上的指纹，然后再次离开。再次抵达那幢别墅门前时，穿短袖的高数正在旁边的樟树下挖一个深坑，挥动一下锄头后对卢鱼说："你来这里是想再次确定我祖父是否在世？他在楼上等你。"

"我不是来找他的，我是来找你的。这里不仅藏有一个秘密，我来这里也不仅只有一个目的。"卢鱼走到深坑边，"另外，上次你的祖父说他没有孙子，没有任何在世的亲人，对于这个说法我难以理解。最简单的解释就是他的头脑已经不太正常，但是我并不相信那样的解释。"

"那是唯一合理的解释，不是吗？"高数以手袖揩了揩汗，抬头凝视没太阳的阴霾天空，中间目光穿过分叉的樟树树叶，"那么你现在出现于此地，并非是受到担心退休金被诈骗的部门的委托？那么你的目的是什么？"

"受警方委托，调查原先居住于废弃医院的男吉他手失踪的案件，大约三年前他就失踪了，大约六个月前画家开始占据那里。"卢鱼蹲下来估算坑的直径，"你挖这个坑是想做什么？种花吗？"

"埋掉一些过时的东西。"高数停止挖掘，后退到可以倚靠樟树的位置，"等等，难道无论你调查什么，哪怕是某个女人的戒指被盗，线索都会把你指引到这里？"

"是的，可以这么说。上次你说你知道那个画家但是不知道那个吉他手，如果你一直生活在这里的话，你应该见过他的。像那种有上顿没下顿的艺术家，突然出现跟突然消失都是正常的，是不是活着也没有谁关注，那个吉他手是如此那个画家也是如此，也许不久的将来我又得回来调查画家失踪的案件。"

"等到那时，我就可以告诉你关于画家的一切——但是，对于吉他手我的确一无所知。"

"要知道，在这城市的边缘，生存了许多像画家那样流动性的人口，没有正当的工作，由于性格方面的原因没有什么朋友，跟你家里的蜘蛛一样，出现没有谁在乎，消失也没有谁在乎，这样的人物正是连环杀手最喜欢的目标，不会引起社会注意，不会造成舆论反响。在山坡上弃用的木材仓库里住着半疯癫的雕刻家，当然艺术家的精神或多或少都有些不正常，他喜欢雕刻各式各样的裸体雕像——我也去他那里调查过，在他之前那里住的是个诗人，不过诗人早已经失踪。类似的例子存在于水库边的木屋、森林里废弃的战时哨所……在附近，被遗忘场所里住着被遗忘的人，而有凶手以他们为目标。"

"唔，我要进屋去拿瓶啤酒，你要吗？"高数往敞开的房门走去，在台阶上刮去鞋底沾到的褐色泥土，然后再进屋去。

"多谢。"像是在海边的沙滩上，卢鱼跳进深坑，然后费力地爬出。

高数走了出来，递给他一瓶已经开盖的冒着泡沫的啤酒："只有啤酒。按照你的说法，有杀人犯在坚持不懈地杀艺术家喽？"

"是的。到现在为止，可能已经遇害的人数在十二到十五之间，算是相当恐怖的数字。"卢鱼接过啤酒，倚靠樟树喝了起来。

"那么，上次你到我家调查我祖父的生死只是一个切入点，为自己调查人口失踪案件披上一层伪装。就像被寄生蜂在体内产了卵的松毛虫，看上去是松毛虫，可实际上是寄生蜂。你在怀疑我，怀疑我就是凶手，在预先设定结论后，不管再怎么查线索都会指向我这里，是吧？"高数喝了一口啤酒。

"是的，我是怀疑你，无论是画家、雕刻家还是行为艺术家都对你有印象，你总是骑摩托车出行，经过他们的住所，似乎是想熟悉他们的生活习惯，寻找合适的作案时机。至于凶器，应该是类似于消音手枪之类的工具。"卢鱼以樟树为出发点向前走十步，站在土壤相对松软的位置，他拔除几根三叶草将啤酒瓶放在上面。然后去墙角取来一把装修剩下的熟石灰，围绕啤酒瓶撒出一个圆圈，做出某种记号："可否在这个位置挖一个坑，这里长的草跟周围的草品种不同，土质也更为松软。"

"你认为那就是我埋藏某具尸体的地点？在没有证据的情况下，不得不说，你的想象力足够丰富，如果你掌握了确凿的证据，相信警方早就出动了。你要是有兴趣的话，就自己慢慢挖吧。我并不介意。"高数拧开位于室外的水龙头洗手，似乎对于卢鱼的调查不以为然，仿佛是在欣赏小孩的游戏。

"我不仅怀疑这就是你埋藏某具尸体的地点，我还怀疑你刚刚挖好的坑是埋藏下一具尸体的地点，也许你的目标就是那个画家。"卢鱼脱下外套，举起锄头开始挖掘，第三下就碰到了坚固的卵石。

"这附近是怎么回事，如果居住着妓女、毒贩或流浪汉我可以理解，可是居住了大批看其他艺术家不顺眼的艺术家，他们只会为自己建造没有出路的象牙塔——整天悲伤地抱怨自己碰上了错误的年代，碰上了错误的地方，碰上了错误的人。如果真是这样，那为什么不可以认为这个艺术家本身的存在就是错误的呢。"高数喝掉最后一口啤酒，望着眼前这片每年用割草机修剪一次的草地，他将啤酒瓶抛向远处，没有听到破碎的声音，"跟我说实话，我这番针对艺术家的说辞，是不是目前你唯一掌握的能将我与失踪者联系起来的证据。"

"很抱歉，这并不是能将你与失踪者联系起来的唯一证据。"卢鱼继续挖掘，汗水从下巴上滴落。天空中的云絮非常缓慢地蠕动，没有太阳但是天气很热。他的目光落在房屋侧面上靠着的除草机上："这是新增加的一项证据，夸张点说，是往沙漏里又投入一粒细小的沙子。"

气氛开始变得紧张，仿佛充满了只需要一点摩擦就能引爆的氢气，需要一点意外来调节一下，不能太轻微也不能太严重，一只鸵鸟的死就刚刚好。可是这里原本没有鸵鸟，那样太不自然，还会造成卢鱼的怀疑。

因此，远方早已废弃的土坯房谷仓的位置冒出白烟，出现火光。一场在田野中央的不会蔓延的火灾发生了，似乎有人将装满易燃液体的玻璃瓶投进其中，从远处看去，燃烧中的谷仓就像燃烧中的坦克。卢鱼和高数都凝视着升腾的烟雾，卢鱼问："发生了什么？"

高数说："不知道谁家在烧废弃的谷仓，那里估计没有藏着一个艺术家，等烧完以后推土机就会去将那里铲平。"

终于，卢鱼挖到一个巨大的散发恶臭的黑色塑料袋，等到气味引来蜻蜓而非苍蝇时，他才跳下坑去用钥匙割开黑色塑料袋："不要管燃烧的谷仓了，也许他们会盖一座猪圈回去的，麻烦跟我解释一下这是什么？诗人还是吉他手？"

但是高数依旧凝视着谷仓，他着迷了，他记得上一次出现这种情况是看到鲸鱼搁浅在沙滩上的时候，他说："你可以自己打开，看看你会发现有犄角的诗人还是有蹄子的吉他手。"

忍住恶臭，卢鱼想要戴上口罩，不，应该是防毒面具。塑料布完全跟尸体的皮肤黏在一起，他感觉自己在撕下胶布，当开口大到足够观察内部时，他看到一头有犄角的绵羊。是的，尽管眼窝已经凹陷，毛发已经脱落，肌肉组织已经腐烂，可那无疑是一具绵羊的尸体。他爬出深坑："一头绵羊？"

在忍住微笑的冲动后，高数说："是的，一头绵羊，我是医学院毕业的，喜欢解剖动物，研究它们的心脏结构、肠道消化系统、骨骼位置……我最喜欢的部位是大脑，上面有层次的纹理可以说明一个物种的思考逻辑，研究它就像是在研究一个迷宫……"

"不用详细说明你解剖的过程了。"卢鱼感到疲惫，嗅了嗅衣服，发现腐烂的气味已经渗透其中，他走到水龙头那里洗手，"那么，你今天挖掘的深坑，是用来埋藏猪的还是流浪狗的？"

"都不是，是埋藏别的东西。"高数开始将暴露出绵羊尸体的深坑回填，"私自解剖动物是不是犯法的，侦探？"

"在现代解剖动物并不触犯法律。"卢鱼说，从对方的话语里，他听出了讽刺的意思，"你说自己是医学院毕业的？我记得资料上说你祖父也是医学院毕业的，另外，你的相貌跟他年轻时的相貌几乎一模一样，血缘关系真是很有意思的关系。在我看来，繁殖下一代是为了复制下一个自己。"

"他是医学院毕业的。"高数轻描淡写地回应，回填相较于挖掘更加容易，他将坚硬的卵石从土堆里挑出来，"那么，现在你有多少证据证明我是杀人犯？我是很欣赏你虚构的能力，你虚构出一批被害人也虚构出一个凶手。我觉得你应该去看看心理医生，不然我觉得迟早会发生由于没有凶手于是你自己扮演起凶手的事件。"

"如果已知的证据是正确的，那我就应该在这里找到人类的尸体，可是没有，这个结果将反过来推翻我搜集的全部证据。"卢鱼觉得呼吸越来越困难，他想要洗澡，消除已经渗透进他皮肤的异味，他开始往自己停靠汽车的地方走去，"谢谢你的啤酒，谢谢你回填我挖出的深坑，谢谢你关于心理医生的建议——我会认真考虑的。"

"你去哪儿？"高数问。

"去洗澡，我要洗掉自己身上的腐烂气息。"卢鱼回答，"另外，这片草地该修剪了，不然会滋生昆虫。"

十多天之后，卢鱼再次站在了看得到那栋白色别墅的原野上，他想到差不多已经一个月没有下雨了，不过还不至于看到干涸得龟裂的河床。他旁边站着卡夫卡，那个委托人要他找的女人开始在他心里占据越来越重要的位置，他想要尽快解决艺术家连续失踪的事件，然后去寻找那个女人。卢鱼不是那种出现在哪里哪里就会死人的侦探，这段时间这里一直很平静，看上去没有比婚礼更为严重的意外发生。

卡夫卡挎着公文包，并且佩了枪，在已经申请到搜查令跟拘捕令的现在，他说："以那栋别墅为轴心的五公里内，人口失踪的概率是其他地方的四十倍，相当恐怖的概率呢——"

卢鱼说："是啊，警方利用我这个局外人进行调查的阶段已经过去了——这个时候，应该下场可以降温的雨。"

当两个人站在白色别墅面前时，卡夫卡重复按响门铃，而卢鱼则注意到上次来时看到高数挖的那个深坑已经填上了，上面没有植物覆盖，只是立着两条木板钉成的十字架。漫长的等待中门铃声是唯一的动静，这让卡夫卡回忆起在课堂上睡觉时做的噩梦，他感到一阵战栗。室内有什么东西像蜗牛一样在移动，悄无声息，但是大门打开，也就是金属合页发出刺耳声音的一刻，两个敏感的男人已经有了心理准备。开门的是年迈的高雨声，衰老已经锈蚀了他的灵魂，他的动作迟缓，仿佛随时会突发性脑溢血。

不久之后，客厅里的玻璃茶几上三杯近乎满溢的热茶氤氲着热气，三个人构成一个暂时沉默的三角形。卢鱼跟卡夫卡都在等对方首先提问，而老人坐在沙发上是随时会睡着然后死去的样子，终于，卢鱼踱步到窗户那里："您仍旧在坚持每天偷窥那间卧室、那个女孩吗？"

老人回答："没有了，那个女孩前天离开了。那间卧室现在属于一个双下巴的胖子，我并不关注他，那样只会加速我的衰老。"

卢鱼想到自己每次来到这里都是阴天，都一样闷热："稍等一下，您是说那个女生失踪了？我可不希望现在又增加一起人口失踪的事件，尤其是前面的失踪事件没有解决的情况下。我们现在需要知道你的孙子在哪里，那些人口失踪事件他有重大嫌疑，现在搜查令跟拘捕令都申请到了。"

在他说话的同时，卡夫卡拉开公文包的拉链出示搜查令跟拘捕令："已经有足够的证据指向高数，在最新的失踪者——一个小说家的住所那里发现了跟高数鞋印吻合的鞋印，附近某个居民提供了高数跟吉他手一起出现的照片，在你家旁边的草地上出现了本地并不出产的植物，附近只有曾经住了诗人的木材仓库后面才有一样的植物……种种证据都指向高数，我们这段时间缩小了嫌疑人的范围，您无法再包庇他了，现在唯一的问题就是那些尸体藏在了哪里，我们会通过审讯得出结论。"

老人抬高一下眼镜，非常平静地说："我没有孙子——我没有在世的亲人。"

卢鱼透过窗户凝视外面的樟树，转过身来："不要开玩笑好吧，到现在附近的人也只知道年轻的高数的存在，而不知道年老的高雨声的存在——毕竟已经是垂暮之年的您将自己关闭在家里等待死亡，在这样的过程中偷窥年轻女人寻求年轻气息的慰藉，这无异于在冬天的树枝上画上一片不会飘落的绿色树叶！"

老人说："很大程度上，是你口中的高数限制了我的行动自由。"

卢鱼说："什么？"

老人再次说道："我没有孙子——我没有仍然在世的亲人。"

卡夫卡咬住圆珠笔的笔头："他貌似是阿尔茨海默病患者。"

老人仰起面孔："实际上我这几天一直在等待你们的到来——我准备向你们自首。"

"天哪，我受不了这样的沉闷空气了，即便打开所有的窗户也无济于事。这种情况真的需要下一场敲响所有屋檐的雷阵雨，让这里变成一个会漏水的避雨场所，我快要疯了，想要使用外面那台生锈的除草机修剪周围的杂草，保证苦艾草不会比膝盖高。"外面的天空中低旋着数目众多的蜻蜓，而卢鱼则查遍建筑物的各个角落，找出高数使用的球鞋，高数使用的手提电脑，高数使用的健身器材……全部堆在老人面前，"既然你没有孙子，那么这些又是谁的东西？"

"我的东西。"老人说，并且在卢鱼的愤怒达到极限前补充道，"你是从哪里知道他是我的孙子的呢？"

"从附近的居民那里。"卢鱼冷静下来，将手中捏住的球鞋放下。

"那么，附近的居民又是从哪里得知他是我的孙子的呢？"老人解开衬衫的一个扣子。

"从高数那里。"卢鱼做出判断。

"没错，我可是从头到尾没有那么说过。"老人十指交叉托住下巴，似乎不太适应跟其他两人相处，因为他已经完全适应了孤独，他说，"我并不是老年痴呆症患者，也就是说阿尔茨海默病患者，但我曾经是双重人格这一症状的患者，药物无法抑制的那种。两种人格总是互相冲突，连先穿左脚袜子还是先穿右脚袜子也会发生争执。"

"曾经？"卡夫卡将圆珠笔夹在右耳后面。

"是的——曾经我拥有两种人格，现在只剩下一种了，另一种从我这里分裂出去了，当然也可以反过来说，我从他那里分裂出来了。很简单的道理，就像把石榴掰成两半，二者之间一定程度上变得对立了。"

"从一个人那里分裂出另一个人——就像把石榴掰成两半一样简单？甚至不需要做一场实施全身麻醉，再用锯子将一个人锯成两半的外科手术？开什么玩笑？"卡夫卡用笔头抵住太阳穴，"你以为我会相信这种事情吗？"

这时，一只猫闯到了厨房里，制造出打碎盘碟的动静。老人站起来走向厨房，打开冰箱取出盒子，在地面安放一个铝盆后蹲下，往铝盆里倾倒洁白的羊奶。原本惊恐得毛发直立而且瞳孔缩小的花猫安静下来，跳到铝盆边舔舐羊奶，任由老人抚摸自己的脊椎。不一会儿，猫死掉了。

老人站起来没有回到原来的位置，而是走到门边握住门把手。

"怎么回事？"卢鱼问道。

"没什么，只是里面混有一点苦杏仁味的氰化钾而已。"老人打开门，没有换掉拖鞋就向樟树走去，"我都忘了，昨天把草帽落在外面了。"

其他两个人急忙跟出去，一度由于不分先后在门口卡住。在绿意正浓的樟树下，老人捡起一顶沾有树叶的草帽："我原本有两种人格，想要杀人的人格和不想要杀人的人格，这个问题几乎困扰了我的一生，虽然此前我始终没有为谋杀付出行动过，不想杀人的人格总是占据上风——像是一个盒子完美地包裹了另一个盒子一样，我很辛苦，但是很完美地制止了自己杀人。大约五年前，孤身一人的我搬到这里住，也就是那时想要杀人的人格分裂出来，那就是年轻的高数。是的，我无法再继续忍受双重人格了，不知道为什么分裂出来的不是另一个老人，而是另一个还能随时勃起的年轻人，一如多年前的我，也许正是因为不想杀人的人格一直压抑——或者说保存着想要杀人的人格，像是一个盒子完美地包裹了另一个盒子，前者随着时间衰老，而后者则一直保存在年轻的状态。

"高数将我封锁在别墅里，他对附近的居民谎称我们是祖父与孙子的关系，是的，连续的艺术家失踪事件实际上是连续的谋杀，毕竟他只有一种人格，想要杀人的人格。他最喜欢的凶器是消音手枪，藏在他房间书架后面的暗格里，他最喜欢将子弹从死者的后脑勺射入。"

卡夫卡一声不响地回到别墅内部，再次出来时，手中捏着一把消音手枪，他将其小心地封存于塑料袋里："没错，那里是有一把手枪跟十四发子弹。"

"你为什么要毒死那只猫？算了，这是次要的问题。"卢鱼站在超出膝盖高度的苦艾草丛后，"高数是怎样从你体内分裂出去的，不可能像单细胞生物的分裂那么简单吧？是需要吐出丝线围绕自己结出白色的蛹，还是更恶心一点，在变态科学家的变态实验室里，通过分离器分出两个？"

"不需要那么复杂。那天我目睹了一个人在街道上被射杀，流出对我刺激性极大的血泊，我被吸引了，偷偷地用手指蘸了一点，再用舌头舔舐。别人会对毒品上瘾，我会对血液上瘾，我再也无法压抑自己的杀人冲动，回到这里，面对镜子思考时不断对自己提问，每个问题我都有两个相反的答案，分歧不断加剧，就像一张纸的裂口不断扩大，最终分成两半。"老人想用草帽盖住树皮上的一只蝉，但是蝉马上就飞走了。

努力不去想除草机跟剃须刀的共同点后，卡夫卡折了一株车前草："那么高数到底把那些尸体藏在哪里？是用绞肉机分成一小块一小块再投进湖泊里喂鱼了，还是自己用不同的烹饪手法做成料理给吃掉了？"

"一共十三具尸体，都埋藏在别墅周围的草地下。"老人回答。

"什么？可是上次我只挖到一具绵羊尸体。"卢鱼叫道。

"那是非常简单的障眼法，每次杀人前挖出一个深坑，杀人后先埋人类尸体，封一层土，再埋一具动物尸体，再封一层土。普通人挖到一具尸体，就不会想到往下挖另一具尸体。听到敷衍的解释，就不会想到继续追问实际的真相——这是在心理上设置的简单障碍，在绵羊尸体下面，就是小说家的尸体。"老人从口袋里取出一个塑料小瓶，从里面倒出两枚药片，非常小心地吞了下去。

现在是需要下雨的时候了。

阴沉许久的天空骤然下起飘忽的大雨来，不是卢鱼期待的雷阵雨，感觉上天气更加闷热。三个人既没有找屋檐避雨，也没有找雨伞遮雨，只是静静站着，听雨落在周围植物上的沙响。卢鱼叹了口气，对卡夫卡说："我被简单的心理障碍挡在了真相外面，嘿——需要你叫一整队的人手来挖掘了，而且需要法医，也需要警犬。"

他又转向老人："那么只有杀戮人格的高数现在在哪里？"

老人打了个喷嚏："在上次你来时他挖掘的深坑里，不过上面没有动物尸体的间隔，我在上面为他立了一个醒目的十字架。那个深坑他不是用来埋藏那个画家的，也不是用来埋藏你这个侦探的，是用来埋藏我偷窥的那个头发漂亮的女孩的——但是最终用来埋藏了他自己。"

卢鱼抹去下巴上的雨水："你杀死了他？不想杀人的人格杀死了想要杀人的人格？怎么做的？为什么这么做？"

一连串问题的追击下老人保持了平静："首先回应一下你那个次要的问题，我不喜欢猫，而羊奶里的氰化钾是我在一周前——高数喝它之前投放的，他的死亡宛若无梦的睡眠，一点儿中毒后的挣扎都没有，只是问我羊奶为什么有苦杏仁的气味，直到掩埋他时他的面容也依旧安详。

"那个深坑他本来是想用来掩埋那个女生的，他选中她作为目标，他想要潜入她的卧室用消音手枪进行谋杀，而且让我通过望远镜目击全过程。那个女生完全符合他的要求——独居，性格孤僻，没有自己的交际圈，喜欢口风琴。我无法再忍受了，那个女生是我生命凛冬里的最后一片绿色树叶，我无论如何也要保护她，即便要杀死另一个自己也无所谓。

"那个女生前天搬走了，我再也无法透过望远镜看到她的背影。"

卢鱼在雨里走来走去，他在找易拉罐之类的可以踢上一脚的东西，但是没有找到。于是捡起一只被雨击落的红蜻蜓，放到屋檐下的窗台上，用小拇指抚平起褶皱的翅膀："那么，在高数想要谋杀诗人、想要谋杀小说家、想要谋杀吉他手时你为什么不去阻止？因为他们对你而言不重要，只是你生命凛冬中的几片雪花？"

老人开始咳嗽起来，他拧了几下衣袖挤出浑浊的水珠："因为我的两种人格，是不想要杀人的人格跟想要杀人的人格，而非想要阻止杀人的人格跟想要杀人的人格——不想杀人不意味着等于会阻止杀人，这是非常简单的公式。"

"你根本就是同谋，就是帮凶，通过自己的沉默掩护他的罪行。"卢鱼说，"原本你拥有的两种人格，应该是想要间接杀人的人格跟想要直接杀人的人格，你通过他在什么也不做的情况下也可以满足自己的犯罪欲，有时对犯罪保持沉默也是一种犯罪。现在你的双手也沾上鲜血了，难道你没有发现吗，在杀死他的过程中你变成了他，现在站在这里的依旧是杀人的人格。"

在片刻的安静中，老人实际上默认了卢鱼的说法。远方的铁路线上又出现一列绿皮火车，老人说："现在，不管怎么说，他是罪犯而我也是罪犯。"

卡夫卡说："我要逮捕你，虽然还没有想到该怎么处理杀死自己的案件，要不要归类为自杀事件就是个很复杂的问题。"

卢鱼说："这一切让人难以置信。"

由于淋雨的关系，老人的身体开始发热，呼吸开始急促。卡夫卡说："即便那样，该怎么证明高数就是高雨声的分身？该怎么用现实的技术证明超现实的存在？我已经碰到过一次离奇的案件，不想碰到第二次。"

卢鱼发现窗台上的红蜻蜓试图起飞，他没有阻止，当红蜻蜓飞进雨中再次被雨水击落，他也没有搭救。他说："只需要对比指纹，分别从两个人身上取下样本送进实验室检测，再比对基因。总之，即便证明了这样的结果，警方高层也未必相信如此奇幻的事情，相较于无法接受的真实他们更愿意相信可以接受的谎言。"

终于，老人跟稻草人似的颓然倒下，卡夫卡走到他身边："我们需要叫一辆救护车。"

可能是由于雨声嘈杂，卢鱼双手插进口袋里没有回答，起码那一瞬间，三个人宛若三种不同的树木，共同忍受一场雨。

又过了大约一周，卢鱼跟卡夫卡在一间叫海盗湾的酒吧碰面，一起喝啤酒。身后形形色色的鬼魅般的人物都刻意远离他们，两个人仿佛是投放到细菌中的青霉素。卡夫卡呷了一口啤酒："艺术家连续死亡的案件终于告破了，以白色别墅为中心，半径五十米的范围内挖出了十三具人类尸体——其中一具是高数的，另外还挖出了十二具动物尸体，怪不得那里的蜘蛛兰长势那么茂盛。"

卢鱼将一颗花生送进嘴里："是啊，跟我的结论没有相差。从高雨声跟高数身上采集的样本的检测报告显示，他们有着完全相同的基因，从高数身上可以看到高雨声的过去，从高雨声身上可以看到高数的未来。那些精通生物学的法医只能用其中一个人是克隆人的解释安慰自己了。"

"可是就是这样相对合理的解释也不能写进结案陈词里。"由于色彩复杂的灯光，卡夫卡感到一阵恶心，可还是继续往喉咙里灌第四瓶啤酒，"你说，高雨声因为淋雨而感冒，接着是发烧再接着是肺炎最后在昨天死掉，这是一种幸运还是不幸？起码他得到了解脱，不必再纠结于自己究竟属于哪一种人格的问题，死亡是绝对的安宁。

"当然最高兴的是我的上司，没有谁在乎的被害人死了，没有谁在乎的连环杀手死了，没有谁在乎的杀死连环杀手的凶手也死了，很容易就可以走完司法程序，只需要将高雨声跟高数的关系模糊处理，说成居住在同一栋建筑物里的两人，一切喧嚣就归于平静。经济将继续增长，糖果将继续生产，偷女性内衣的罪犯将继续出现——最重要的是世界将继续正常运转。"

"或许——"已经喝了六瓶啤酒的卢鱼眼前开始出现重影，酒吧中央有两架局部重叠的无人弹奏的钢琴，天花板上有十六盏吊灯，旁边有两个卡夫卡。他沉溺于这样迷醉的氛围，渴望将手伸进异性的内衣里，渴望异性将手伸进自己腋下，他说："但那已经不是我关注的问题了，现在的我想找到一个女人——"

"什么样的女人？"

"我不知道，是委托人交代的事情。"

当天他做了一个噩梦，一开始他感觉不到自己的存在，周围的一切很近，又很遥远。急促的呼吸与急促的风声混合在一起，突然他发现自己走在一条马路中央，看到两侧的路灯延续到视线尽头，虽然是白天可所有的路灯都亮着。路标指示着那条路通往另一座城市，道路上没有过往的车辆，只有偶尔横穿路面的流浪猫，在远处的坡道上，几棵桦树那里一群沉默的人聚集在一起，从远处看那像是一群现代派雕像。其中还有一头半人半马的怪物，他知道凡是想要在选择中，想要同时走两条道路，同时得到两个女人或者两个男人，同时想要在两座城堡里加冕，同时想要在两个坟墓里长眠的人，便会陷入半人半马怪物那样的混乱与分裂当中，因为什么都是意味着什么都不是。

随着卢鱼的出现他们开始窃窃私语，当卢鱼试图穿过他们时，其中一个拎着公文包的男人开口说："通往另一座城市的道路已经走不通，有一头怪物在拦截过往的行人——"

卢鱼说："怪物？"

男人说："对，狮身人面的怪物。"

另一个穿高跟鞋的妇女说："它会提出一个谜语——早上四条腿、中午两条腿、晚上三条腿的是什么生物？凡是回答不出来的人都会被它吃掉。"

倚靠在桦树旁的年轻人说："谁能消灭狮身人面的怪物，谁就可以迎娶那座城市已故国王的遗孀为妻，将成为新国王。我们都是离开那座城市后受怪物阻拦而无法回乡的难民。"

听到这里，卢鱼立刻转身准备原路返回，没有回头看那些人，看路边那些桦树的想法。背后又传来乌鸦般的声音："你不应该逃避，你应该面对。你应该去回答狮身人面怪物的问题，应该去娶已故国王的妻子——因为你是被诅咒的俄狄浦斯！"

"我不是俄狄浦斯。"他依旧没有回头，一旦回头肯定会发生糟糕的事情，也许自己会变成盐石柱。

次日的清晨卢鱼从噩梦中醒来，他忍住机械故障般的头疼，对于自己喝醉酒后什么也没有发生失落。单调的天花板，单调的玻璃窗户，单调的自己，他感到在淡蓝色海洋里溺水般的悲哀感。他自言自语，缓解被环境加剧的孤独，他需要的不是一只宠物猫，需要的是能弥合他内心缺口的填充物。电话铃响了，他拿起听筒，是陌生的男孩声音："救救我，他们把我锁在了房间里，四周很黑，我很害怕……"

一件案子结束了，可是另一件案子又开始了，一直致力于解决别人的困惑的卢鱼发现自己的困惑没有解决，无比剧烈的疼痛感再次袭来，他第一次想要在这种事情上迟到，想要在抵达时看到无可挽回的死亡现场。

伪侦探小说 五

　　史无前例的大堵车发生了，公路上停满了从不同地方来又想往不同方向去的车辆。原本受控制的事物渐渐失去了控制，偏离了正常轨道，走向了不可避免的混乱当中。每一条道路都像凝固的血管，焦虑的情绪在司机间蔓延，已经瘫痪的交通导致了类似死亡的现象。不可避免地所有人都迟到了，卢鱼也不例外，稍早前他接到一个求救电话，伴随着信号不稳定产生的杂音，另一头传来哭泣声，可以判断出对方是个孩子："救救我，他们把我锁在了房间里，四周很黑，我很害怕……（挖掘机和塔吊的细微背景音）……他过来了……"

　　紧接着电话被挂断。

　　"喂——喂？"卢鱼没有立即放下听筒。

　　处理完一起案件不久的卢鱼又陷入了另外一起案件当中，感到棘手的他掏出笔记本快速记下电话内容，归纳出几条线索。必须通过极为有限的线索找出男孩所在的地点，通过一片树叶可以了解秋天，可通过一通电话不可能了解真相。无论走到哪里，他都可以发现深层次的东西，虽然有过度解读的嫌疑，例如将A家里失踪的保险柜跟B家里的金鱼联系起来。最容易出现侦探的地方是凶杀现场，他们最喜欢的情况就是凶手与死者的关系密切相关，凶手用复杂手法杀人后就藏在案发现场的众人当中，等着侦探一步步还原事情经过后将其指认出来，剩下的时间就可以用于无法抵赖的凶手坦白罪行了，动机通常是因为多年前的一件往事。最让侦探讨厌的就是一时起意的陌生人凶手，尤其是犯罪后买张车票远走他乡逃入茫茫人海的败类，那会让一切精彩绝伦的推理大打折扣。

卢鱼根据电话内容得出判断：

1. 男孩所在的地点在建筑工地附近。

2. 绑架者的数量在三到五个之间。

3. 那里应该是有电梯的高楼，而且他们处在较高的楼层。

4. 这并非是对方第一次犯案，在同类型的没有破解的案件中可能有他们制造的惨剧。

也就是在这个时候，另外一通电话打了进来，犹豫片刻后他还是拿起了听筒。这次是成年男性富有磁性的声音："你好，你就是这个小家伙的求救对象吧。"

卢鱼说："你是谁？"

对方说："我是绑架他的人，想必你正在推理他所在的位置。"

卢鱼说："不错。"

对方说："他是我用乙醚捂住嘴巴弄昏迷后带到这里的。"

卢鱼说："为什么说这些？"

对方说："因为我可以告诉你具体位置。"

卢鱼说："觉得自己是高智商的罪犯？相信自己最终能够逍遥法外？"

对方说："哪里，在侦探小说里，这样的人下场一定是被捕。"

卢鱼说："的确如此。"

对方说："请记住地址，A区B街C楼666号，如果没有听清楚我可以重复一遍，A区B街C楼666号……最好在下午两点前到那里。"

卢鱼说："你凭什么认定我会去那么可疑的地方？"

对方说："你似乎觉得自己可以选择去或者不去，是的，你有选择，但是是选择立刻去或者犹豫片刻再去。"

卢鱼挂断了电话，为了反驳对方的说法，他掏出一枚硬币决定正面去反面不去。硬币被抛起，在半空中翻转，最终在"当啷"的落地声后静止，毫无疑问，硬币正面朝上。如果他决定正面不去反面去的话，那会是反面朝上。

大约半天后卢鱼还是被堵在路上，红绿灯完全失去了作用，现在以一只飞鸟的视角向下俯瞰交错的道路，会认为车流是一头蜿蜒的怪物，一辆辆车像密集的鳞片，发出冷色调的反光，而且它已经死亡，丧失了运动的机能。但是卢鱼可以确定缓慢的蠕动仍在继续，因为之前他右侧的车内坐着的是中年男性，现在右侧的车内坐着青年女性。

看了一下手表后，他留下汽车步行前往，他认为等自己回来车流最多会向前蠕动十米。当他抵达一栋烂尾的写字楼下面时，听到远处正在建造地铁站的机器发出的轰鸣声，他用手背擦了一下额头上的汗水。他进入没有断电的大楼，环顾四周判断向上的唯一途径是一部电梯。

他搭电梯上升到顶层，但是没有直接去666号房间。

他站在走廊上徘徊，觉得自己置身于迷宫当中，相似的转角，同样的吊灯，除了号码外没有区别的房间，他倒是希望同时出现多个自己的克隆人，那样就可以同时打开所有的房门。一开始他努力不发出脚步声，可到了后面，他从上往下检查了三个楼层后，他甚至一边走动一边踢工人扔下的空啤酒瓶。作为一个怀疑很容易而相信很困难的侦探，他觉得自己总是在即将结束一起案件时又发现新的线索，然后被卷入一起新的案件中，如此循环。

他将空啤酒瓶用力压在脚下，说："我有种很不好的感觉。"

他稍微用力将啤酒瓶踢下楼梯，他满意地欣赏空酒瓶沿着不规则轨道向下滚动，发出连续的清脆声响。他不需要通过回音来探测空间结构，走到电梯间前按下通往底层的按键，他打算离开，而不是进入666号房间。

警惕地审视四周后，他进入电梯间等待电梯门缓缓关上。

无法阻止他了吗？

不，一定可以阻止他的。

电梯门马上要关上的一刻，他听见咔咔响的噪声，那预示着机械故障。他如同软体动物般走出重新打开的电梯门，看着电梯重新缓缓关上。

紧接着听到突然出现的电火花声响，以及金属摩擦的动静，按键显示屏上的数字由39直接到1，几乎没有中间过程。下面传来非常沉闷的落地声，比玻璃杯落地的声音迟钝，可以猜想那几乎是没有阻力的自由落体运动，相信电梯已经在底层严重变形了，他想如果乘坐电梯的话，自己就会全身粉碎性骨折。

他无法离开，停留在走廊上，最终还是走到666号房间门口。那是一扇深红色的门，在阴暗的环境里像极了恐怖电影中的镜头。不需要按门铃，门锁上的钥匙并没有拔出，他用力捏住那冰冷的金属顺时针旋转，随着"咔"的一声，门缓缓打开，一股仿佛来自深海的冷流从里面涌出，漫过他偏瘦的身体，繁殖出一群扇形的焦虑。

那是空荡荡的房间，打过蜡的地板可以倒映人影，洁白的墙壁没有多余的装饰，窗帘被灌入室内的风拂动，室内的光线亮度也随着这种拂动而浮动。置身于干净的冷色调空间，卢鱼联想到空鱼缸。在卢鱼视线的焦点上有一张沙发，以及坐在沙发上十指交叉的我，他也正处在我视线的焦点上。

卢鱼首先开口："那么，被绑架的孩子在哪里？"

我说："如你所见，房间里除了我没有别人。"

卢鱼说："你的声音不是电话里那个男人的声音，那么是他故意给了我错误的地址？"

我说："不，地址是正确的，可没有谁需要你来解救。那段电话只是考虑到你作为侦探的身份，需要让你有合情合理的动机抵达此地，完成一种转折。"

卢鱼说:"合情合理?"

我说:"是的,需要让一切在情节上显得自然,假如不是涉及案件的求救电话,而是房地产推销员建议你买666号房间的电话,那你出现在这里就会显得莫名其妙。不符合你的性格,也无法和之前发生的事情连贯。"

卢鱼说:"这一切没有现实逻辑。"

我说:"这一切不需要现实逻辑,只需要情节上的逻辑。"

卢鱼说:"那样我作为侦探在此就没有了意义。"

我说:"如果周围的一切没有逻辑,这提醒了你什么?"

卢鱼冷淡地回答:"提醒了我自己正处在非现实的环境中。"

我打了一下响指:"回答正确。"

卢鱼说:"从接到求救电话开始,事情就开始不对劲,越来越不正常。"

我说:"为什么不是从你第一天醒来开始,当然我说的'第一天'和你理解的'第一天'可能有差别。就是说从那一刻开始,你不是想做什么而做什么,而是应该做什么而做什么。"

卢鱼说:"那么我不是一个侦探而是一个演员?应该说什么所以说什么,应该出现在哪里所以出现在哪里,应该做什么所以做什么?"

我的目光表示默认。

卢鱼说:"那可真是悲哀哪。"他走到窗户边,可以看到远处正在修建地铁站的工地上林立着钢筋编织成的柱状体，机器轰鸣声和风声混同在一起。交错的街道上汇聚了停滞的车流，远处的广告看板色彩依旧。

我说："作为演员，可以成为所有故事的主角，经历所有的冒险，杀死所有的恶魔，迎娶所有的公主，占据所有的可能性——这不是许多人梦寐以求的吗？既是弑君的麦克白，也是判决黄金苹果归属的帕里斯，还是在海边打捞起封印魔鬼锡瓶的渔夫……站在所有故事的交叉点上等于得到全部可能性。"

卢鱼说："想要同时得到多种可能，就得同时存在多个自己，可我不会克隆出无数个自己来选择无数个选项。那样'卢鱼'就成了一种代号，代表群体而非个体，我也就不成其为我。"

我说："你果然很偏执。"

卢鱼说："可以问你几个问题吗？"

我说："可以，但是涉及肯定或否定的问题，我不会直接回答'是'或'否'。"

卢鱼说："你到底是谁？"

我说："在这里我的身份是委托人，大约四个章节前……不，大约半年前我委托你去找一个女人，给了你一张一寸照。在长得有点过分的拖延后，我希望你应该去完成这份委托。我可以再提供一点线索，她现在在15号桥那里。"

卢鱼说："是你委托我的？"

我说："是的，那是一个开头，为的是现在的结尾。"

卢鱼说："既然你掌握了这么具体的信息，为什么不早一点给我地址让我到这里来，告诉我她在哪里？"

我说："必须得等你跟踪完X，推理出邱以声的死因，发现连环杀猫案的真相，查清高雨声和高数的关系。一切刚刚开始就马上结束的话，就没意思了。"

卢鱼感到透不过气来，他说："是由于那样没意思！似乎我的存在只是为了让人觉得有意思，未来的行动在过去就已经构思好了，现在与其说我要去找那个陌生女人，不如说我要去找自己的结局。"

我点了点头。

在纠结一会儿后，卢鱼缓缓说："那么，我该告辞了，可是外面那部电梯突然坏掉了，除了电梯还有其他离开方式吗？"

我说："你去669号房间，从那里的阳台可以沿着消防梯离开。"

出于礼貌他和我握手道别，我们的体温差了两摄氏度，他敏感地察觉到这一点，短暂的触碰并没有产生情感上的连接。我目送他离开，等那扇红色的门重新关上，空荡荡的房间里又只剩下我孤独一人。

卢鱼缓慢前行，像是发烧了一般，觉得笔直的走廊开始浮动，他怀疑自己的眼睛构造变成了鱼眼。地心引力在视觉上失去作用，走廊变成了深不可测的井，而在潮湿的底部，孢子植物从脚部开始侵蚀自己。每一次呼吸都会产生回音，他选择闭上眼睛，眼前开始浮现幻想的场景，那是一场聚会，举着酒杯的人们都在细语，而细语汇聚成没有含义的喧哗。

那应该是高档餐厅，地面镶嵌满白色的六边形瓷砖，众多分割空间的半透明玻璃挡板已经竖立，制造了更多的影子。对于初次进入里面的人而言，那里犹如迷宫，对于卢鱼便是如此。远处的乐队在演奏勃拉姆斯的《交响情人梦》，男人们和女人们在克制地表达情欲，加上恍惚的灯光营造出纸醉金迷的颓废感。

卢鱼站在吊灯下面注意到几个面色阴沉的人，其中男士A和男士B在下国际象棋，男士C躺卧在沙发上一边凝视天花板一边抽烟，另外年轻女人D坐在不可摇晃的藤椅上，她穿了未过膝盖的白色筒裙，故意在卢鱼经过时改用右腿搭在左腿上跷起脚，深红色的高跟鞋底部沾有血渍。他想穿过人与人之间的间隙继续前进，直到那个坐在藤椅上的女人叫住自己："侦探先生，漠视与案件有关的线索可是违背职业道德。我们一直在等你，我们中的一人将杀死另外一人，而你得从剩下的人中找出凶手。"

卢鱼感觉室内的空气在凝固，自己将越来越难以前行。

"死者的死因将是尖锐物刺中太阳穴导致的大出血，现场找不到凶器，而且剩下的人都会有不在场证明，只有你会没有，所以你首先得洗清自己的嫌疑。正在和我下棋的荒木正彦先生是第一个发现死者的人。"男士A在棋盘上移动白色马，顺便漫不经心地提醒卢鱼。

卢鱼终于想到这种窒息感来自何处，眼前的场景出自横沟正史的金田一耕助系列小说中未正式发表的一个短篇，名字是《鬼影的犄角》，他恐惧的来源就是因为那篇小说横沟正史并没有写完，没有结局的小说主角自然也就没有找到凶手。

沙发上的男士C掐灭烟头，懒散地翻转身体："在众人之中有一个人的不在场证明是假的，侦探先生，那么你准备好开始破解谜团了吗？我可是要走到最偏僻的角落里，在持续半分钟的停电后，发出一声惨叫再被大家发现躺在那里，由于失血过多而死。是的，我草间弥之助就是将要遇害的人。"

男士A说："我和死者有经济纠纷。"

男士B说："我和草间是大学同窗，曾经很是要好，直到他为了博取教授的欢心剽窃我的论文，并且反过来陷害我。"

女士D说："我一度委身于他，可是现在遇到了真正爱的男人，弥之助死活不肯分手，一味地纠缠我。"

"也就是说都有作案动机。"卢鱼感到头疼，没有结局的事情发生在面前，要不陷入其中只有一个办法，就是卢鱼自己为小说《鬼影的犄角》加上一个结局。他的目光先后掠过众人，最终凝视着坐在藤椅上的女人D："那么，事情可以是这样的，实际上三个人都想要谋杀，正在下棋的小仓崎先生往死者喝的饮料里加了毒药，正在下棋的荒木正彦先生则对死者的汽车做了手脚，让车加速到一定程度后刹车和方向盘会失灵，而你——常盘真由理小姐，在死者已经喝下有毒饮料，但是还未驾车离开时，用冰镐刺死了他。喂，那边的死者先生，这就是你后面遇害的真相。"

草间弥之助单手捂住面孔："我真不幸，居然得一次性面对三场谋杀，唯一幸运的是，我能死在最心爱的真由理小姐手里……"

卢鱼睁开眼睛，重新面对那条走廊，发烧的症状已经得到了缓解。他进入满地都是旧报纸的669号房间，从生锈的消防梯往下，中间他短暂地悬停在半空，有种即便松开双手自己也能飘浮的错觉。下到地面他走进一群几乎不会动弹的汽车中，往往他都需要一个死人作为切入点，作为钥匙，才能够进入某一件事当中成为参与者，可是这次不用。他开始往15号桥的方向走去，犹如游往岸上的鲸鱼。他一边构思着跟她见面的开场白，可始终没有想到合适的话语，他希望她迷离的双瞳跟自己深邃的双瞳对视时，中间没有冷漠的隔阂。

一只翼龙正飞过天空。

伪小说结局

在那座桥上面，言语面对着卢鱼，倒在一旁的自行车的车轮仍旧在旋转，只是速度越来越慢。那是一座狭长的钢架桥，护栏由连续的锁链构成，不时有飞鸟落在上面。她跟他站在上面正思考开场白，毕竟这不是普通的陌生人相遇，作为侦探和插画作者，两人从各自的起点出发最终在此相遇，这里是终结的所在地。彼此凝视，从对方的瞳孔看到自己的倒影，现在两人之外的一切都在变化当中，他们互为对方的参照坐标，可以在混乱中确定自身的所在。

他想：问她的血型？可这样无法接话下去。

她想：谈论今天的天气怎么样？不行，那过于俗套。

他想：引用一句黑格尔的哲学评论从唯心主义的角度来解释现状？可她未必听过，那样会因为无法理解而导致尴尬的局面。

她想：猜测发生在他身上的某件往事？不，那样的话会引来他猜测自己身上的某件往事。

他想：告诉她自己有神经衰弱的症状？出现这个念头

简直滑稽。

她想：直接询问他是否认识那个给自己打电话的人？这应该安排在开场白之后，聊过一些次要的话题才能进入主要话题。

他想：告诉她自己单身，再问她是否单身？如此强烈的暗示在第一次见面时说出，只会让对方反感。

无言的沉默持续了片刻。

经过一番思索后，双手插进口袋的卢鱼和用指隙梳理一下头发的言语，两人选择了最为实际的开场白，是事后回想起来也绝对正确的问题："可以告诉我你的名字吗？我对你一无所知。"

卢鱼说："卢鱼。"

言语说："言语。"

他们同时说："真是奇怪的名字。"

卢鱼进一步自我介绍："我今年三十岁，职业是侦探，喜欢黑色，讨厌油炸食品。印象最深刻的童年往事是，在烈日下的棒球场不时可以看到飞鸟掠过地面的影子，我很瘦弱，穿着断了一根带子的塑胶鞋站在旁边。别的孩子因为我沉默寡言而刻意排挤我，不准我上场，只准我等他们把球打出场外的时候去捡球。有时球会落到肮脏的水沟里，有时会落到灌木丛里，那一次球落到了脾气很坏的老人家院子里。我因为害怕而不敢去，可是其他人扣下我的书包强迫我去，我不得不翻过围墙进入长满荒草的院子，到处寻觅，等天快黑的时候才在屋檐下的夹缝里找到球。我跑着回到球场上，仿佛自己是凯旋的英雄，可是其他人早已经走了，把我给遗忘了，空荡荡的场地上只剩下我和我狭长的影子，出于愤怒我把球又投了出去，等待它发出反弹的声音。"

"真是让人难过的事情，毕竟越是难过的事情印象越深刻。"言语也进一步自我介绍，"我今年二十五岁，职业是插画作者，喜欢蓝色，特别讨厌金属片之间剐擦发出的噪声。原本不想说什么童年往事的，不过既然你说了的话，那我也说说吧。那是上小学的时候，因为要做一个小手术我住院了，是不怎么复杂的扁桃体摘除手术，因为要预防伤口感染所以得住院观察两天。在弥漫消毒水气味的病室里，无论谁来看望我都可以沉默，不需要发出声音回应，一开始是不适，然后是习惯，最终是迷恋上这种感觉，我相信自己不仅被摘除了扁桃体也被摘除了声音。身体恢复后我也一直不肯说话，开始学习手语，即便父母将我送去按小时收费的心理医生那里，每次都要喝苦涩的药水，我也绝不开口。这种状况持续了几个月，直到我不愿意提起的另一件事发生。"

两人并肩而行，离开了那座孤独的桥，各自的视野重叠在一起，共同组成了一个完整的世界。他和她的相遇像冷暖流的交汇，在格格不入中互相融合，将不同类型的故事汇聚成为一个故事。目前太阳仍旧停留在地平线上方，可是仿佛失去了温度，在许多事物的表面镀上一层冷色调的光泽。

街道上摆满了七年蝉空壳一般的各种汽车，里面的驾驶者不知所踪，他们似乎集体抛弃了车辆，导致它们一动不动处于无人驾驶的状态。卢鱼和言语还没有适应状况，他们碰到障碍物——路中央的一辆白色保时捷时，卢鱼选择右转绕过而言语选择左转绕过，隔着暗色的车窗短暂分别，之后他们再次相遇继续并肩而行。言语说："现在几点了？"

卢鱼看了一下手表："现在是下午十点二十三分十七秒。"

言语说："不用那么具体，是本地时间下午十点？"

卢鱼说："不错，不是列宁格勒时间，那里的时间跟我们这里的时间有差不多五小时的时差……"

言语说："我明白了，不用插入不相关的话题，接下来你可能又会从列宁格勒将话题引申到发生在波罗的海的某次战争，再从波罗的海的某次战争引申到中世纪和黑死病。我想知道的是——你为什么会出现在这里？"

卢鱼踩到了一张飘过地面的旧报纸，他走过后报纸继续沿着原来的方向缓缓飘动，他说："为了找你。"

言语转过面孔说："为了找我？"

卢鱼用手敲了敲旁边一扇半开的车窗："是的，我是一个接受各种委托的侦探，接受了一份寻找你的委托，对方给了我你的一寸肖像，让我在茫茫人海中找除了照片外一概不知的你。合情合理。"

言语叹了口气："的确合情合理，可你应该也知道，那也只是为了让你找我显得合情合理，没有逻辑上的问题。我来到这里，是因为有人告诉我你能告诉我这一切的真相，其实也是他在制造一个理由吧。从那一天醒来到现在，我完全像是鲑鱼逆流而上，似乎自己的时间顺序和别人的时间顺序相反，你走向未来而我走向过去，所以在现在相遇。"

他们走到一栋破旧房子的阴影下，它像异类伫立在一群崭新的建筑中，房子的影子覆盖了他们的影子。前面有个瓦楞纸箱子，似乎是空的，卢鱼想要像踢起易拉罐般踢起箱子，于是往那儿走去。言语的手在滑过旁边的木头护栏时碰到了钉子，不是很疼，血液从指尖渗出，那像一把钥匙打开了某些被遗忘的记忆。言语叫住了卢鱼："嘿，你是不是想踢那个箱子？别那么做。"

卢鱼停了下来："为什么？"

言语走到箱子边掀开盖板，里面有只生物蜷缩着，第一眼看过去无法判断是什么物种，稍后才会判断出那是一只被遗弃的花猫。它因为突然闯入的光线而发出微不足道的叫声，言语抚摸了它的皮毛，再把箱子搬到相对安全的路边窗台下面。她说："因为箱子不是空的，喏，有一只小猫。"

卢鱼说："你怎么知道的？"

言语说："我想了起来，一段时间前我梦到过此刻的情景，.现在似乎只是在重演那个梦中的情景。在梦里我跟你在15号桥上碰面，旁边是一辆倒地的自行车，我们漫无目的地交谈，走到这里时你去踢了那只箱子。当然了，语气、修饰词、周围汽车数量什么的有所出入，梦是模糊的记忆，可以容纳细节误差，比如把一棵苹果树记成一棵樱桃树。"

卢鱼说："我的记忆力很好，我现在清楚记得一周前的早上出门时窗户是否关上了，煤气是否关掉了，角落里的垃圾是否处理掉了，门是否锁好了。但是我从不做梦，在闭眼和睁眼之间，就像是穿过了一片无声无息的黑暗，就像穿过了一场暂时的死亡，每天清晨对我来说都是一次新生。"

言语说："那怪遗憾的，梦多多少少能解决一些情绪问题。"

卢鱼说："我也不知道怎么形容我们所处的环境，我的理智要求我怀疑和抗拒，可我的情感要求我相信及接受，无可奈何的事情。卢鱼是我的名字，侦探是我的身份，我是洞悉世界的荒谬又能伪装自己不知道的冷漠男人。这就是我的人物设定，我的故事以此为起点发生一桩桩案件，展现人性的阴暗和复杂，并且嘲讽一下传统的侦探小说套路，比如一个人准备了天衣无缝的谋杀，但是在动手前他因为毫无技术可言的心脏病死了，一场预谋的死亡被一场意外的死亡阻止。为的是符合一些读者的期待。"

言语说："我的故事并没有那么复杂，就是和男人交往以及分手，或者是和男人处于有交往可能的暧昧状态。情欲总给人潮湿感，像是穿过雾中的某一条道路，很多东西明明就在那里却看不见。爱与不爱，作为简单的问题却以复杂的事态呈现，凸显的是现代人的纠结与困惑。"

他和她的命运原本平行，有自己的叙事方向，现在中断自己的方向在此产生交点。他认为自己的命运轨迹是破解一桩桩案件，解释一个个谜团，最终在最后一个案件中作为被害人死去，留下悬案。她认为自己的命运轨迹是认识一个个男人，在交往和分手二者之间徘徊，最终找到一个能与之相处一生的男人。也就是说他原本想从A点去往C点，她原本想从B点去往D点，但是他们却在E点上相遇，所以一切不可避免地显示异常。

卢鱼说："那么，我们的故事显得格格不入呢，就像我跟你的性格也格格不入，仿佛中间隔了一层看不见的玻璃。你就在那里，可我却无法过去，无法触碰到真实的你，只有呼吸会在玻璃上留下马上消失的痕迹。"

言语说："格格不入，并非互相排斥，只是无法像齿轮一样协调。可我们又必须一起在这里等待结束，等待这一切落幕。"

卢鱼说："也就是说，我们只是命运摆布的提线木偶，得完成剧本上的所有安排。遗憾的是，即便知道了真相，我们也得无视真相。"

视线内仿佛是某种容器，四周的声音都沉淀到底部，寂静正一点点地吞噬毗邻的物体。在远处一个青年男子像路标一样站在路口，手臂上缠绕着仍在渗血的绷带，他肯定遭遇了什么意外。显得忧郁的面部表情含有一丝自我安慰的期待，凄楚的微笑仍旧残存于嘴角，瞳孔里倒映的东西都感染了悲哀。他很疲惫，如果就那样躺在马路上睡觉，似乎可以睡到周边生长出的车前草包围自己为止。他在等待什么，但是经过的卢鱼和言语都没有去询问他什么，因为那会陷入不必要的情节中。

他们不可能一直这样漫游，或许他们应该一起进入照相馆，在最新型的自动照相室狭窄的空间内，拉上布帘，往照相设备里一枚枚投硬币，选择背景图然后摆出姿势，照片背景有顶上积雪的乞力马扎罗山，有撒哈拉沙漠，有满是银色尘埃的月球表面……最终拍出他们没有肢体接触、没有目光交集的合影？

那样毫无意义，还不如这样漫游下去。

远方的天空出现黑色的破洞，存在的建筑物、云絮、树木正在以玻璃碎片的形式一点点瓦解，世界正在从边缘开始褪色。不再有季风流动了，压抑感渗透到了每一个角落，城市里剩下的人类已经不多，他们并没有准备在地下室储备食品抵抗这一进程，一切缩小至果核状态再缩小至奇点状态的进程。

卢鱼开始厌倦漫无目的的步行，觉得这种状态过于平静，他更适应那种身边的人被身边的凶手谋杀的紧迫生活。眼下的状况实在是太轻松了，只需要和旁边的女人讨论不会有结论的问题，伤感的寻觅并不适合他。他说："现在我就像是在海底飞行的鹳鸟，或者是在天空飞行的青鱼，无论如何都会感觉到不适。"

言语说："你似乎很喜欢比喻，是因为不擅长直接描述自己吗？谈起眼睛就联想到湖泊，说到手指就联想到分叉的树枝……不是什么好习惯。"

卢鱼没有回答这个问题："接下来我不能说我要做什么，得说我们要做什么，因为我们不再是不相关的个体，而是构成了一个整体。此时此刻，没有谁需要我们去解救，我们得决定接下来需要做什么——"

言语说："顺其自然。在前面碰到保龄球馆就去打保龄球，碰到游泳池就去游泳，碰到电影院就去看电影。"

卢鱼说："如果碰到殡仪馆呢？"

言语说："这是一个问题。"

快要下雨了，不是因为雨滴落到地面，而是因为一条鱼在空气中游动。很少有人会注意到雨并非是连绵不绝与无边无际的，它有间隔性与区域性，在雨的边缘地带步行就能够走到雨的尽头，能够从雨天走到晴天。

接下来出现了类似机关枪卡壳的现象——沉默，他们只是凝视着快要下雨的天空。不仅仅因为双方都不知道该做什么，而且因为接下来发生的将会是结局。作者可能构思了许多种结局，归纳人物的路线，勾勒出结束的风景线。不同的结局会产生不同的后果，通常只会留下一种，其他结局则在草稿阶段就被删除。可是在那之前，因为那还没有发生，所以多种结局的可能性同时存在。

像玻璃窗里的展品，当那些结局一起陈列——

新浪潮电影式结局

他们抵达博物馆，那里陈列着他人的过往，时间在那里沉淀，皮鞋和皮鞋的回音互相挤对。卢鱼捡起一块石头朝窗户掷去，在玻璃破碎后听见石头滚动的声响。那里有一个入口和一个出口，站在一头，目光可以穿越走廊上层层的玻璃橱窗抵达另一头。博物馆内禁止喧哗、禁止奔跑、禁止携带强光设备……那里是有太多禁止的地方，他们决定模仿电影《祖与占》中的镜头，在很短的时间内从入口直接跑到出口。他们的鞋跟敲击着地板，被一座座残缺的大理石塑像注视着，紧张的思绪浮现出各种词语，卢鱼想到的是空旷、冰冷、折射、荒丘、废墟、死亡、瞬间、子弹、终结……而言语想到的则是空旷、回声、透明、舞会、新生、枫叶、岛屿、开始……在同一环境中，两人的随想除了开头外没有任何的重叠，仿佛他们是在两个截然不同的地方奔跑。深入来说，根本原因是因为他们是两个截然不同的人。他们跑到了出口，没有保安在追他们，疲惫的卢鱼看了一眼手表，确定用时二十一秒。

侦探小说式结局

为了避雨，他们站在长青苔的屋檐下，言语面对着街道而卢鱼背对着街道，方向相反。街的对面是一家炸鸡店，空气里弥漫着油炸物的气息，那是烟雾状，无法从中比较出层次感，升高的油温在破坏食物的组织结构。偶尔有跳出的油星溅落的声音，像极了莲花枯萎。饥饿中的人听到这声音，有如在冬日里听到炉火的动静般温暖，可以营造出一种极其廉价的幸福感。但是，言语只是觉得空气中飘浮着致癌物的颗粒。

在他们后面，隔着铁栏栅的窗户可以看见一个房间，卢鱼就是在凝视房间的内部结构。那是一个苍白的房间，是适合发生死亡的场所，在卢鱼的联想中那里要么过去死过人要么未来将要死人。里面漏水，天花板的一角布满荫翳，下方摆放着接水的铝盆。房间里的家具只有一张木床和一把椅子，木床的其中一条腿有点短，所以垫着几本书。椅子上挂着一件衬衫，上面有明显的破口，似乎是锋利的匕首导致的。从床边到门口，滴落的血渍形成了一条踪迹，一条线索。但是里面没有任何人，活人或死人都没有，卢鱼呆呆地望着里面以至于走神。

言语倚靠着墙壁，手指在上面轻轻跳动，她哼起了英文歌曲《昨日重现》的曲调。这个时候雨下了起来，在连受害者都还没有看见的情况下，仿佛有一滴冰冷的雨落到卢鱼后颈上，他说："我知道凶手是谁了！"根本不知道发生了什么的言语因为诧异而停顿，然后又继续哼唱。

爱情式结局

他们因为一点小事产生了一点误会，争吵起来，因为情绪作用而觉得矛盾不可调和。最后他们同时说："这都是你的错！"他们都觉得无法再忍受对方，于是背对着向相反方向走去，仿佛这将是最后一次见面。因为在下雨，他们都湿漉漉的，雨顺着发丝流淌，正常情况下应该立即去找避雨的地方，可是他们的步伐都异常缓慢，似乎正在逆台风而行。因为他们转身后冷静下来，马上后悔了，可是又不愿意首先低头，都在等对方先道歉。这种僵持不会持续太久，大约一分钟以后他们同时回头说："原谅我吧，都是我的错！"他们再次走到一起，像其他类似的故事一样不可避免地接吻，两个人试探性地触碰对方，潮湿的嘴唇交叠在一起，仿佛在进行对对方的阅读，这样的接吻并非充满激情，而是充满理智。许久后两人先分开嘴唇，然后分开手，最后是分开目光。

西部电影式的结局

在一条整修中的马路上，路边无人，怪异的风来回开关着两侧房屋的木框窗户，金属合页发出刺耳的声音。老旧路面上的混凝土已经被推土机撬开，并且粉碎成小块装车运走，以至于这里只剩下裸露的土层，每当有什么经过就会掀起灰尘，周围的一切都沾染了污渍。站在路中央的卢鱼预感到了什么，他在等待谁出现，而一旁的言语则焦虑地徘徊。等了很久之后，在路的尽头，封锁线那里出现了一个身影，那是一个不速之客。他是跟卢鱼在以前的案件中结怨的罪犯，卢鱼把他送入监狱，现在他刑满释放来寻仇了。

气氛异常紧张，所有细微的动静都会被放大，被风推动而来回开关的木框窗户，刚刚烧开的水壶，到了整点开始报时的金属时钟……它们没有形状，却具有极大的重力能压垮人的精神，像是在拧紧的螺丝，让事情渐渐变得不可挽回。

卢鱼让言语退到一旁的安全距离后，因为这是男人间的事，他跟罪犯闲聊了几句，然后准备开始决斗。罪犯用鞋跟在地面画出一条线，他们将以那里为起点往相反方向各走十步，也就是当双方相距二十步的时候，就可以转身开枪。生与死将在这个场所擦肩而过，每走一步都会有他们的面部特写，愤怒、恐惧以及虚无汇聚出他们自己都无法形容的感受。最终，枪声响起。

他们依旧站立，远方的天际线出现一群迁徙的候鸟，暗处小巷里的猫发出叫声，行道树上的许多片枯叶飘落。为了悬念效果，卢鱼首先倒地，言语跑过去抱住他，发现他因为胳膊中弹而呼吸急促，可没有生命危险。而那个罪犯开始往路尽头走去，步伐缓慢并且摇摇晃晃，最终他在十步之后倒下，死了。

可是，以上结局均没有采用，一切最终走向了没有结局的结局。

远方的写字楼正在消失，一只乌鸦试图接近那里，像是橡皮擦去逗号般被消除了。卢鱼和言语走在密集的雨里，不知道从哪里找来一把黑伞，他们在伞下并肩而行，随处可见倒映出城市面貌的水洼。在水洼的倒影中存在另一对男女，他们的行为与真实的言语与卢鱼并非相反或颠倒，只是相似。一辆由无脸妖怪驾驶的三轮车驶过，上面装满了沉默的绿皮西瓜，三轮车行驶过后水洼上震荡的涟漪波纹扩散开来，原本的倒影变得模糊，然后又渐渐清晰，卢鱼蹲下略微卷起溅湿的裤腿。他说："雨一定程度上限制了人的想法，让人没法像在晴天那样随心所欲。"

撑伞的言语略微调整伞的角度："雨能阻止你做什么吗？"

卢鱼重新站立："不能，雨最多让我犹豫。"

言语低下头："此刻你的感觉是什么？"

卢鱼看着沿着伞檐坠落的水滴："迷惘以及困惑。"

两人来到高架桥下面，那是合适的避雨场所，不过他们没有停留，继续往前走去，言语望着前方，雨中的一排自行车发出交响乐般的沙响。雨具有时间性，既然发生了就会结束，时间一久，人就会把不同时间不同地点遭遇的雨混淆成一场。她将黑伞交给卢鱼，自己进入雨中，她觉得冷，但很快麻木了。空间的萎缩在加剧，两条街道外的摩天轮已经消失，消失是由次要的地方蔓延到主要的地方，由次要的人物蔓延到主要的人物。

天空的边缘有如撕裂的信纸，这也意味着雨的范围也在渐渐缩小。剩下的空间已经不多，类似于海洋中的孤岛。外面是不可接触的景色，无论是光还是声音都无法穿透的黑暗，那是"不存在"这一概念的领域，比黑洞可怕。又一排行道树的树叶脱落，随后是树木本身的消失，绝对的黑暗正由外围往核心侵蚀。一切的瓦解正在加速，朝外部叫喊也不会有回音的，可雨仍旧在下。

言语再次回到伞下："终究没有出现同时适合我跟你的结局。"

撑着伞的卢鱼说："所以，我们也只能这样徘徊下去。"

一切已经到了尾声的尾声，尽头的尽头，存在的边际从目光可及变得触手可及。雨是目前这里最温柔的东西，在这个尽头，悲哀似乎将构成永恒的主题。他和她厌倦了这一切，时间有的时候流逝得太快有的时候流逝得太慢，最重要的是人容易厌倦已经熟悉的东西，容易喜欢陌生的东西。或许对他和她而言一切犹如沙漏的两端，重复翻转，在厌倦感中轮回。

边缘的破碎往他们脚下蔓延，卢鱼扔掉了雨伞，外面剩下的最后一点空间也在瓦解，无声无息的黑暗爬上墙壁，存在的边缘迅速破碎，似乎变成了一群透明的蝴蝶不知飞往何处。那把在路边撑开的雨伞也在瞬间消失。这场由边缘蔓延到核心的删除终于完成，一切不复存在，没有一只飞鸟发出鸣叫，没有一个自行车轮胎继续转动，没有一颗成熟的果实落地……单调而且虚无的黑暗等同于想象空间为零的无字空白。

伪情感小说 五

　　史无前例的大堵车发生了，公路上停满了从不同地方来又想往不同方向去的车辆。原本受控制的事物渐渐失去了控制，偏离了正常轨道，走向了不可避免的混乱当中。每一条道路都像凝固的血管，焦虑的情绪在司机间蔓延，已经瘫痪的交通导致了类似死亡的现象。不可避免地所有人都迟到了，言语也不例外，稍早前她在电话亭接到一通奇怪的电话，对方说："喂，你好吗？我知道白海鸥在哪里，你正在找那个家伙，对吧？"

　　白海鸥是个二十出头的在酒吧兼职弹钢琴的男人，大约两个月前，言语和他在一家同时是餐厅的酒吧相遇，但是之后没有留下联系方式，两人也没有再碰面。现在言语在寻找他，动机不是出于爱情，而是出于她自己也解释不了的某种原因。

　　迟疑了一会儿，听筒成了彼此呼吸的交汇处，言语说："请问你是谁？"

　　对方说："这不重要，重要的是我可以告诉你怎么找白海鸥，那个二十出头的年轻男人。他会弹钢琴，对吧？"

言语说："用这种方式告诉我，无论是谁都会觉得可疑。你为什么觉得我会听从你的安排去某个地方？你的目的是什么？"

对方笑了，声音透露出一种狡黠："我只是提供一种选择而已。我的目的？我的目的暂时和你一致，希望你去找他。"

言语说："原则上的确如此，告诉我什么不等于我就会去做什么，只是提供一种参考的话，不妨说给我听听。"

对方说："在S区F街的14号，那是一家小型花店，你询问那里的老板，他会告诉你关于白海鸥的消息，你最好在下午两点前到那儿。"

言语说："为什么不直接告诉我他在哪儿？"

对方说："因为有的时候过程比结果重要。"接着挂断电话。

非常古怪的来电，现在时间仿佛已经冻结。言语没有立刻去那家花店，而是在电影院外面的走廊上徘徊，但是并不显眼，因为到处是犹豫不决的人。在走廊上她已经漠视了许多人经过，正准备漠视又一个路人的出现与消失，她不在乎，有如她不在乎某处的蜘蛛构建透明的蛛网。

对于言语而言，从一个地方到另一个地方需要动机，她相信这样能够让事情变得符合期待。动机实际上也就是借口，过了很长时间，她才终于找到了一个像样的借口。

附近的新闻看板上是未来七天的天气预报，连续一周的晴天标记让她的心情格外阴沉，她想要乘坐出租车去另外一个地方是不可能的，远处的车流宛若迟钝的冷血动物刚刚向前蠕动了十米。几分钟后，言语开始往左边的方向步行走去，那里首先可以看到的是推销唇膏的广告板，这是错误的方向，继续走下去要到傍晚才会经过花店店主的窗前。

于是，在她的正前方，一位家庭主妇打开窗户从里面泼出一桶污水，水在地面流淌，泛着恶心的绿色泡沫，一条露出骨骼的腐鱼躺在中间，朝上的眼珠已经发白肿胀。

自然而然地，言语闭上眼睛转过身去，经过之前停留的走廊后往右面方向走去，这也是错误的方向，继续走下去要到明天才会经过花店店主的窗前。

于是，在她还没有抵达转角的时候，一个驾驶着轻型货车的司机厌倦了继续被堵在车道上，他用力转弯的时候撞开了护栏，直接卡在人行道上，变形的货车在那里冒出烟雾。那正是言语原本想要经过的地点。

顺理成章地，言语叹了口气后转过身去，再次回到电影院前面的走廊上，然后往电影院正前方走去，这是正确的方向，继续走下去会在下午三点路过花店店主的窗前。

在言语出现之前，花店的年轻店主又修剪好一枝薰衣草，视线转向室外的瞬间没有凝固在任何一件事物上。前方空地上，一辆保时捷驶过一摊倒映出红气球的积水，经过花店前面准备去加入堵车的队伍，出现在花店老板眼前的时间大约是1.5秒，他注意到了那个司机面部的愉悦但是并不在意，安然地剪断了吊尾兰的茎条。那个司机着急去参加一个婴儿的新生礼，已经迟到了，他连续按喇叭踩油门，终于知道了城市里与荒野上等同的一公里距离差别有多大。他害怕等自己抵达时，参加的是那个新生儿的婚礼，甚至是葬礼。

出现在花店老板眼中以前或是以后，司机的面容都是挂着悲戚的焦虑，可是单独在那1.5秒当中，出现了昙花一现的微笑，不知道是由于潜意识深处的往事泄露，还是由于苍蝇落在面颊上导致的肌肉反应。

反正在那一刻，随着花店老板将视线移动到阳光照射得到的地方——墙壁上的圆形时钟上时，他错过了一次误解他人的机会。他继续将吊尾兰折中剪断，如此重复。从数学上来说不断减去一半的行为可以永无休止，然而实际上不能，最终剪刀停下了。他斜视长方形镜子中的自己，嘴唇如女人般性感的他总是喜欢用食指抵住下唇，他喜欢自己，想要和自己恋爱。

他接着给一束花染色，在其由白色转变为紫色的过程中，他还出售了两束杜鹃花。也就是在这个时候言语路过花店，在橱窗前驻足停留，用中指叩击玻璃："打扰一下，你见过一个二十出头的年轻男人经过这里吗？"

"有更具体一点的外貌特征吗？"花店老板将染好色的花束插进瓶中。

"他叫白海鸥，无论是谁都可以在他身上找到和故人相似的部分——这样够具体了吗？"言语触碰了一下夹竹桃的叶子，然后又马上缩手。

"不久之前的确有这样一个男人经过这里，他的眼睛很像我的父亲，他往专门加工盗版图书的地下印刷车间去了，印刷车间的地址是S区L街33号的地下室。"花店老板拿起一把木梳，食指从梳齿上轻轻划过。

"非常感谢。他在这里做什么？"

"他在这里自然是买花。"

在去地下印刷车间的途中，她想顺便去最近的唱片专卖店逛逛，虽然唱机已经开始被磁带淘汰，可她仍旧对这种东西着迷，或许因为她是迷恋过去的人，总是沉浸在过往之中，完全可以把她也收藏进博物馆里。

但是如果她进入唱片专卖店的话，即便走马观花地看看也需要时间，而且也很容易跟某个音乐家的共同爱好者进行交谈，会让简单的事情复杂化。就像树木的多余枝叶需要修剪，言语的多余行为也需要修剪。她不该把时间浪费在听一张唱片或者喝一罐啤酒上，起码现在不行。

所以当言语到达唱片专卖店时，只看到上锁的卷闸门和上面结业的告示。唱片专卖店倒闭了，这相当合理，最近租金在上涨，又受到同行的挤压，倒闭是再自然不过的事情。原本的经营者也许转行去开弹子机房了。

总之，言语只能继续走向印刷车间所在的地方。

从外面看那是一栋标准的写字楼，印刷车间在地下二层，外面没有任何标志进行说明。不是被人层层把守的神秘部门，倒是被人遗忘的偏僻场所，类似的地方是所有门窗向外敞开、牲畜可以自由进出的仓房。这里是目光的死角，可以被看到但是不会被注意到，要知道哪怕是眨眼间的黑暗，也足以让有膜质翅膀的怪物潜入周围，所以目光的死角足够藏起一栋写字楼，跟藏一只耳环一样简单，毕竟眼睛是最容易上当受骗的东西。

站在电梯门口还未下到地下的印刷车间，言语就嗅到了轻微的油墨气味。站在不会妨碍别人进出的位置，这个场景或许会让人想到电影《无间道》的片尾镜头，梁朝伟倒在电梯间里，睁着双眼，由于身体的一部分在外面，卡住的电梯门重复开合，背景音乐相当凄凉。等显示器上的数字降到1之后，她看着一张张不像梁朝伟或者刘德华的面孔拥出，并且消散。她独自进入电梯间，审视了四面的反光镜，然后选定楼层。

电梯门打开前，她可以对于下面的空间进行各种联想。当电梯门打开后，她的各种猜测被证明是不现实的。首先映入眼帘的是巨幅的黑白电影海报，上面是两颗需要支付巨额片酬的头颅轻吻在一起，画风浮夸，四边由一张张小照片缀连。在走廊的尽头转弯后，便可以走向有机器发出轰鸣声的印刷车间。言语发现电梯旁边就是楼梯口，原来不仅有电梯也有楼梯到这里。大理石台阶上传来高跟鞋一下下敲击的动静，显然，在言语下来的同时有人上去。

车间里切纸机正在卷入未剪裁的纸张，长时间在这种环境里工作很容易听力下降，她问了两遍，安装卷纸筒的工人才告诉她管理员在哪里。她绕过半成品区，站在正准备确认颜色与油墨配比的管理员旁边："打扰一下，你见过一个二十出头的年轻男人经过这里吗？他叫白海鸥，至于他的相貌，无论是谁都可以在他身上找到和故人相似的部分。"

管理人员说："真是糟糕，随随便便就让你这样的陌生人闯了进来，一点预警都没有。如果相关部门突然来检查的话，根本来不及销毁盗版图书或者转移重要机器设备。"

言语说："抱歉，可我并不是相关部门的人。"

管理员往书架走去，言语跟他并肩而行，这里根本没有工厂的样子，两台陈旧的二手机器，加上几个工人就维持着运作。他们在印刷盗版书，那种随便翻开一本册子都可以找到错别字、装订针钉反方向这种问题的图书。

管理员说："的确有个二十岁左右的男子来过这里，就在不久之前，他的背影像我小时候溺水时救我的人。他离开后往西班牙流感肆虐时期建立的，现在已经废弃的黑马寺隔离病院去了。"

言语说："谢谢。他在这里做什么？"

管理员说："自然是买盗版的小说。"

得到回复后，言语合上刚刚翻开的一本杂志转身离开，管理员对她的背影说了什么，由于机器声音过于嘈杂她没有听到。她仍然是乘电梯离开。转角处一个戴墨镜的老人伫立在黑白电影海报前，深情地凝视着上面被人遗忘的电影剧照。她暂停一下，接着继续前行，然后又后退："您好，不知道是不是我的错觉，我觉得您的相貌跟海报上与女主角接吻的男主角很像。"

"是你的错觉。"老人摘下墨镜，指了一下其中一张剧照，"但是我的确参演了这部电影，事隔多年后那时的情景仍然历历在目，我是群众演员，喏，那个被男主角开枪射中正在倒下的反派就是我。如果不是后来剪辑的缘故，我一共有三个镜头的。这是我出演过的唯一一部电影，是我一生中最辉煌的时刻。"

"这样的啊。"言语没有再说什么，继续走向电梯。她之前乘电梯下来时另一个女人刚好沿楼梯上去，她错过了一个跟自己无关的女人。

重新上到地面后她没有任何不适感，丝毫没有察觉到整个世界在变得不正常，当地并未出现过这样的都市传说——当一群独角鲸从海面飞向天空，打断一群信天翁的迁徙进程时，封印揭开，时间长达四十天的暴雨将从天而降……当地只出现过这样的都市传说——世界从开始走向开始，水与火般相反的元素构成了已知的全部，没有很久很久以前的过去，也没有很久很久以后的将来。

这个世界还没有彻底疯狂，汽车销售员还不能腾空而起，电冰箱也还无法说话——起码暂时是这样的。几小时后，言语骑着自行车出现在已经废弃的隔离病院围墙外，那里位于偏僻的郊区，那道围墙跟藤科植物纠缠得难分难解，里面的病房是一排简易建筑物，湮没在荒草中央，橙色的阳光照耀下，这座废弃的建筑物恍若海市蜃楼的一部分。言语扔下自行车试图进入里面，当然她进入原本被隔离的空间不是为了隔离自己。西班牙流感肆虐的时期已经过去了多年，没有多少人还记得救护车在街头横行的景象，遗忘对这里造成了比战争更严重的破坏。

言语没有从大门进入，而是从一部分围墙坍毁的位置进入，风吹过草地，上面静卧的玻璃瓶发出闪光，她感觉仿佛自己走进了谁的记忆当中，小心翼翼地行动，生怕毁坏什么，她害怕破坏一个人对过往时光的眷恋。她在建筑物屋檐下走过一间又一间病室，除了蒙尘的病床外无非是散落地面的输液瓶，现在的病室只是一具具空壳，不必再承受生与死之重。

但是路过最后一间病室——确切地说是画室时，她透过窗户看见了正在画水彩画的年轻画家，四面的墙壁上遍布他的画作，那比鲤鱼的鳞片密集，让人眼花缭乱的色彩交织出非常混乱的感情。画家停止了手中的画笔，用大拇指揩一下面颊时留下一抹白色，他推开窗户："请问有什么事情吗？要买我的画吗？"

"不，不是买画，是想跟你打听一个人。"言语觉得，哪怕是只隔了一层玻璃，她也会像彼此之间隔了层凸透镜般，无法判断画家的真实位置，无法判断他的真实想法。

"哦，你可以进来坐下的，不用站在外面。"他调整了一下画架的位置。

"谢谢，但是在四周都是绘画的室内，我会跟站在旋转中的万花筒中一样，产生晕眩与不适感。"她漫不经心地说，"这里以前是隔离区，防止里面的病人将流感传染到外面。"

"也行，毕竟现在外面没有下着会导致人冻死的暴风雪。"室内的一壶水刚刚烧开，冒出升起的蒸汽，画家撕开一桶速食面的封纸往里面倒入开水，然后回到原位，"这里现在也是隔离区，和外界隔开，防止外面的病人把精神疾病传播到里面。不知道你想从我这里打听什么。"

"是否有一个二十出头的年轻男人经过这里？他叫白

海鸥，至于他的相貌，无论是谁都可以在他身上找到和故人相似的部分。"言语又一次提出这个问题，她的姿势过于固定，跟身后凄惶的院落完美结合在一起，形成了一道犹如雨后彩虹的风景。

画家被这样的景象打动了，上一次被打动是在雨中的广场，他倒在湿漉漉的混凝土地面上，无法飘起也无法下沉，他看到旁侧出现美丽女人的小腿，看到一顶替自己挡雨的透明雨伞。他说："真希望你能保持现在的姿势，我想让你做模特，画一幅画。"

"我并不希望这样，这样我会沦为油画的一部分，永远只有一种表情，永远被束缚在一种天气里。"言语说，"你还没有回答我的问题呢。"

"见过，他的鼻子让我想起我的祖父，最近来过这里的除了他，就只有一个侦探了。我倒是更愿意说说那个侦探，大约在两个月前吧，那个男性侦探来过这里，跟我长谈了一个下午，他在调查一起连环杀人案，针对的对象都是我这种孤僻的艺术家。整个过程都是他问我答，所以到了最后他连我童年时埋葬过几只鸟，我表弟的女友的堂兄的名字都知道了。而我依旧对他知之甚少，他说话缺乏幽默感。"画家对于言语拒绝担任模特相当伤感，他一伤感就会饥饿，于是开始吃速食面。

"请跳过侦探的话题，白海鸥去哪里了呢？"

"去城里的一家花店了，地址在S区F街的14号，那家店的老板是个同性恋。"

言语默默闭上眼睛，她的寻找陷入了比咬合的齿轮更可悲的循环当中。她可以回到花店老板那里开始新一轮提问，有如游戏中路线交叉点上的设定人物，对方的回答会有一定形式的变化，但是回答的关键信息一定不变。言语害怕这样下去，陷入周而复始的轮回。她说："你为什么住这种地方？"

画家说："很简单，我的画根本卖不出去，在城里连地下室也租不起。"

言语说："白海鸥在这里，是为了买你的画吗？"

画家说："不错。"

言语没有再问其他问题，她扶起自行车推到坍塌的围墙那里，一只手握住把手另一只手抓住三角架，抱起自行车翻过石堆与荒草，然后驶离这里。至于画家，他只能在这里继续画没有人买的画，正如印刷车间的管理人只能继续印刷盗版读物，花店老板只能继续销售花卉。

他们不具备其他可能性，毕竟铅笔只能是铅笔，河马只能是河马。

言语在骑自行车接近某个位置的同时，也在疏远某个位置。她不再继续寻找白海鸥了，她只是漫无目的地骑行，在路上她看见了半空中飘浮的蜻蜓，看见了红气球，看见了一只浣熊在驾驶卡车。直到在几条小巷的交叉口，她在那里碰上了倚靠电灯柱的我，狭窄的天空被密集的电线分割。

我伸出手拦住她："那么，看样子你没有找到白海鸥喽？"

在距离我还有一段距离的时候她就下车，伫立在那里仿佛看见了什么异常危险的生物。在深呼吸后继续推车到我面前，她听出了我的声音："是的，没有找到，或许在电话里你给我的是错误的讯息。"

我说："不，我给你打电话的时候所说的并非谎言，你也从花店店主、印刷间管理员、画家那里得到了确认，白海鸥确实去过那些地方，遗憾的是等你到那些地方的时候他已经走了而已。"

言语说："如果他一直先我一步离开，那么我永远也不会找到他，仿佛冥冥之中有什么力量在刻意安排这一切。"

我说："某种意义上的确如此。"

言语说："这一切没有现实逻辑。"

我说："这一切不需要现实逻辑。"

言语说："那样我作为插画作者在此就没有了意义。"

我说："如果周围的一切没有逻辑，这提醒了你什么？"

言语并不愿意回答，可还是说："提醒了我周围的一切都是超现实的。在刚才，我看见了一只浣熊在驾驶卡车。"

我打了一下响指："回答正确。"

言语说："从在蓝色电话亭里接到你的电话开始，周围的所有的一切都在起变化，变得不真实。"

我说："当你意识到某件东西存在时，那东西肯定已经在那儿存在很久了。也就是说，当你意识到一切开始不正常时，说明一切早就不正常了。"

言语说："什么意思？"

我说："为什么这一切不是从你第一天醒来开始的？

当然我说的'第一天'和你理解的'第一天'可能有差别。就是说从那一刻开始，你不是想做什么而做什么，而是应该做什么而做什么。"

言语说："比如呢？"

我说："比如你跟白海鸥只是在酒吧相遇过一次而已，在不爱他也不恨他的情况下，为什么你会一直想要找他？"

言语不知道该说什么，只好拨动车铃，清脆的铃声在没有其他人的小巷深处引起了回音。永恒的黑夜或者永恒的白昼还没有蔓延到这里，冰河世纪也还没有发生，也就是说一切还可以挽回。城市开始出现大面积停电，一些商店的机器人彻底静止，僵硬地保持一个姿势。她看着墙脚的裂缝中钻出的一株蒲公英，避开我的目光。

终于，言语说："既然如此，为什么你不一开始就出现，在我醒来要去酒吧的时候就站在我的公寓门口，对我说你现在所说的一切？"

我说："必须得等你在酒吧跟白海鸥碰面，在游乐园跟考古学家碰面，跟卡夫卡讨论完科幻小说，去那栋人去楼空的房子。不然一切刚刚开始就马上结束的话，这样结局就没意思了。"

言语显得悲伤，她重复一遍："就没意思了……"

我说："是的。"

言语说："能否告诉我，我、白海鸥以及这周围的一切，这一切的一切究竟为了什么？"

我说："抱歉，我无法对你解释这一切，本来可以欺骗你的——告诉你那一天你不是刚刚醒来，而是刚刚睡下，然后开始经历斑驳离奇的梦境，梦见了白海鸥，梦见了考古学家，梦见了卡夫卡，最后梦见了我。也就是说这里的每一个人物、每一幢建筑物都出自你现实当中的记忆，只是颠倒、扭曲或者变异了而已，有如镜中镜。在现实中，或许酒吧老板是你的邻居，也许白海鸥是你的男友，你可能没有孪生姐姐可是希望有孪生姐姐。也就是说，你正在参观自己的脑海，在无秩序的往事走廊里穿梭。梦是有形状的，类似于涟漪的不规则圆形，由熟悉的人事物往陌生的人事物扩散，某张遗忘了的面孔，某件扔在储物柜深处的首饰，某次约会时喝的饮料的味道……这些不被想起的东西构成了梦的边缘，比围绕土星的陨石带漂亮。而现实中的你遭遇了车祸，由于严重受伤睡在病床上，因为在那场车祸中失去了名叫白海鸥的男友，所以想要将其在梦境中找回。而考古学家、卡夫卡甚至是我在你的现实里都有原型，反映了你深层的心理世界。"

言语说："这的确是让我喜欢的解释。"

我说："但是我不愿意这样做，我知道有谁可以对你解释这一切，最适合解答疑问的人当然是侦探。现在就有一位适合回答你问题的侦探，他跟你一样在某天醒来后遭遇许多事情，之前你们平行地生活着，你在做一件事的时候他就在另一个地方做另一件事。他大约三十岁，穿黑色夹克以及黑色长裤，现在他在距离这里不远的15号桥那里……"

言语感觉周围的空气冻结了，尘埃不再浮动，再近的东西也好像隔着一片雪野，可望而不可即。她闭上眼睛说："我梦见过那个侦探，那是个古怪的梦，一开始浮现的是幽暗滴水的隧道，然后是一片收割过的麦田，最后是在15号桥那里，我跟侦探说着什么，但是我已经忘了那原本清晰的画面。"

我说："那么，事情是不是更合理了呢？"

言语说："不，那个梦或许是让这变得合理的前缀。你肯定知道这一切的，但是不愿意告诉我，因为你想要我去找那个侦探，为了完成一个有意思的结局。"

我说："其实你也知道，或者说能猜测到，只是不想自己说出来而希望听别人说出来。所以，你现在应该去15号桥那里。"

这时一只翼龙飞过无比湛蓝的天空，膜质翅膀总是倾斜，略微打开的长喙似乎可以吞下鲈鱼般吞下太阳。它怪异而且畸形的影子快速掠过地面，往天际线方向移动。我依旧懒散地倚靠电线杆，言语没有再说什么，也没有跟我道别，她将自行车转过一个方向并且朝那里去。

不久之后，她看见了15号桥，桥面上一辆汽车也没有，在那城市的增生部上它以正确的姿势站立着，可以承受伴随台风的暴雨。它也许是某种意识的一部分，一个构成配件，尽管看上去它是跟蓝天白云浑然一体的一道风景，可实际上却是一种无法沟通的绝望。她重复拨响车铃，距离在一点点缩小，路面并未变成波浪形，太阳还没有融化，成群结队的乌鸦还没有出现——没有噬去树叶般噬去地平线的轮廓。她改成单手握住车把手，空出另一只手抚摸风的棱角，她想，还来得及，一切都还来得及。

伪情感小说 四

　　关于城市，有濒临浑浊大海的城市，它的无数条管道插入海洋体内，像是在进行不分昼夜的交媾。涨潮时海水会漫过所有窗户，有鳍类生物会游入占据所有建筑物，而退潮时车辆来来去去，人类在里面照常工作生活。这是不知道最先属于人类还是鱼类，也不知道最终会属于人类还是鱼类的城市。有被蜘蛛网般密集的铁路线围绕的城市，交通过度发达，导致每一个来到的人最终都会离开，在火车站很容易买到去往其他地方的车票，对于人们而言它太随便了，随便地将自己的一切展现出来。而对于城市而言，它喜欢来自他乡的陌生人，讨厌定居下来了解自己每一个藏污纳垢的角落的人，因为对刚刚下车充满好奇的人而言，城市是崭新的而且美貌的，相反，一旦长时间定居就容易觉得城市陈旧而且丑陋。——以上描写是对卡尔维诺的一种致意，或者说模仿。

　　当然，现在需要详细说明的是言语所在的城市，是以言语为轴心画出的圆形范围内的建筑群。相较于上述城市，言语所在的城市看上去简单普通，普通的街道、普通的楼房、普通的交通系统，它不是因为普通所以显得普通，而是因为应该普通所以显得普通。

言语置身其中，她偶尔会想，井然有序的城市或许是有线头的纺织品，一旦抓住线头就可以让一切消退。而城市普通或者说装作普通的原因，就是消除自身特点，同时也是消除会导致谎言编织的城市解体的线头。它消除了两幢相连商店间，每年清明节出现的鹅卵石铺就的弯曲小巷，其他时间那个位置只有满是涂鸦的墙壁。消除前，在小巷里一边是狸猫经营的商铺，一边是浣熊经营的商铺，两边都挂着点了磷火的纱布灯笼，人和鬼可以在小巷里进行交易。

它消除了掌管下水道的老鼠黑帮，那是群西装革履的老鼠，在肮脏潮湿的环境里相当注重仪表。凡是地上社会抛弃的东西就会转到地下社会，胡须擦油的老鼠保管这一切，就像沙漏一样，当地下装满了地上的东西，一切就会翻转过来，被埋藏的东西就会重现人间。如果不消除它们，液态的排泄物会从厨房的水龙头流出，两颗脑袋六条手臂的弃婴会从井盖里爬出回到父母床榻上，满是锈迹的凶器会出现在凶手床头——而穿皮鞋的老鼠会掌管地上的城市。

通过消除不正常现象，将自己改造得正常，类似于罪犯消除罪证。每一处怪异都是可能导致城市解体的线头，会产生波及言语的变动，恐怖灵异事件或科幻事件会导致原有的走向偏离。言语不想猜测未来的命运走向，她的一切原本是昆虫标本般固定的，像是接连倒下的多米诺骨牌。

然而她觉得白海鸥是自己生命中的不确定因素，那个二十出头的在酒吧兼职弹钢琴的男人，大约两个月前，她和他在一家同时是餐厅的酒吧相遇。之后再也没有联系，可是随着时间流逝，她越来越觉得他干预了自己的人生，远比磁铁干扰指南针严重，他让原本复杂的事情更为复杂。

假设人类的命运是一条直线，由 A 到 B，通常就是由生到死……不同的人生总会在某个点相交，导致不同的命运纠缠在一起。在十字路口，四面都是汽车的地方，站在中心位置的交通警察，若是在这个命运频繁交错的场所乱指挥，会造成波及全城的堵车，及各式各样的车祸，可以构成堪比乌鸦叫嚣的流血战场的局面。如果言语置身于相似的交叉口，她肯定无意跟乡间道路上的稻草人一样死板地指示正确方向，她会造成类似交通事故的混乱。为想要下地狱的人指出上天堂的方向，告诉遗弃宠物的人回到遗弃地的路线……她想要做这样的事情，让人偏离原本的人生。有时人类不是在幸福与悲哀之间做出抉择，是在绝望与另一种绝望，痛苦与另一种痛苦中做出抉择，言语就是面临如此状况。

她是一名插画作者，替小说、杂志或教科书配上插图，前几天刚刚入职于一家新公司，要为介绍恐龙的科普读物绘图。所以为了收集素材，她在上班时间拿着相机伫立在恐龙博物馆前面，建筑物有许多入口，她必须选择从哪一个入口进入。她再次回头看了一下背后，在深呼吸

后她仿佛潜水般进入博物馆，保安告诉她再过半个小时就
要闭馆了，所以得尽快出来。

她说："可是现在才下午两点。"

保安说："正常是下午五点闭馆，但是很不巧，今天
是每个月一次的消防检查的日子。"

她说："明白了，我会尽快出来的。"

保安说："谢谢配合，现在很少人来博物馆看什么化
石，化石有什么好看的呢？反正人类自己最后也会变成
化石。"

她没有回答，只是礼貌性地点头，然后往博物馆深处
走去。站在空荡荡的走廊上，看着那些从不同土层中挖出
再拼凑起来的远古化石，一边拍照，一边思考无论曾经是
怎样的庞然大物现在也只剩下不能思考的骨骼。因为空调
的缘故她觉得冷，长时间待在这可能会发烧，她双手交叉
似乎在拥抱自己。

她听到远处的怪异声响，不是鸭嘴龙骨架在黑暗里
走动，是人的脚步声朝这边而来。她的心跳在加速。脚步
声越来越尖锐，还伴随着钥匙的碰撞。不知道为什么，出
于一种没有缘由的恐惧，她想要躲避，这种恐惧可以追溯
到人类的祖先从海洋往陆地进化的时期，她想要避开那个
家伙，不想在这个产生回音的场所和对方打照面。寂静外
壳下的她像是在隧道深处，聆听蒸汽火车驶来的颤动。她
往某处移动，却听见那个声音也往某处移动，隐约可见手
电筒的光亮。狭窄而且单一的走廊适合奔跑，在心里默念
一二三后她奔跑起来，最终藏在一扇门后面，接下来听见

一扇扇门开启的声音，终于，她藏身的那扇门被打开，那是个穿黑色风衣的中年人，他没有片刻的停留，完全无视愕然的言语，和她擦肩而过继续朝下一扇门走去。似乎这一切只是巧合。

完全无法解释现在的状况，言语不知道为什么微妙的心态会演变成这种结果，或许可以归咎于空调设置的温度太低了吧。言语前进两步，在昏暗的博物馆里她太年轻了，站在有一亿年历史的梁龙骨架隔壁，站在有一百万年历史的猛犸象长牙楼下，站在有五亿年历史的三叶虫化石附近——对比那些见证了沧海桑田的存在，别说此刻，即便是她的一生感觉也是极其短暂的瞬间，意义小于在极夜当中擦燃一支火柴。

在保安进来催促她离开前，她自己走出博物馆，回过头来长吁一口气，仿佛刚刚完成了深海潜水。时间还很早，完成了安排的工作之后，她去了一趟那家酒吧，看看能否碰上白海鸥。那里的陈设和上次一样，寥寥无几的客人像蜘蛛一般占据自己的位置，老板站在吧台后面，一边用抹布擦瓷器一边走神。但是，那架钢琴旁边空荡荡的，白海鸥不在这里。

她走到吧台边，点了一杯其实不想点的苹果醋，然后才好意思询问老板："不好意思，想请问一下，那个在这里兼职弹钢琴的男人呢？他叫白海鸥。"

老板像是迟钝的钟表，过了片刻才反应过来："啊，我记得你，上次你就坐在这个位置，旁边是那个弹钢琴的，你们看上去像情侣……"

她打断他："可我们并不是。"

老板说："我以为你们认识呢，我还想问问你知不知道他去哪儿了，因为他失踪了，失踪了相当长一段时间，连工资都没有领取。"

她说："失踪了？"

老板说："对，也可以说不见了，消失了，人间蒸发了。我很长时间没有见到那个小伙子了，他的电话也打不通。他填写的员工资料上有他的地址，不过不知道是真是假，我没有去看过，如果你想知道我可以告诉你。"

她说："麻烦你了。"

那个地址在偏僻区域，离开酒吧她走到路口，两条相交的街道夹着一幢商厦的地方，言语面临抉择，是走左边街道还是右边街道，虽然两边都同样通往自己要去的地方。一辆载满下班回家的职员的巴士驶过她面前，一张张无比哀怨的面庞闪现，她回头看了下背后，最终选择了左边，她叫了一辆计程车去那里。

等她到那儿已经是黄昏，那是独立院落里树木包围下的两层楼房，简单刷成白色，谈不上什么像样的装修。是有二十七年历史的建筑物，在阴雨天完工，中途转手了四到五次。没有发生过凶杀案，出没于那里的男性远远多过女性，近期内没有宠物出没于此。外面生锈的铁门及房屋的木板门均未上锁，她轻而易举地推开一扇扇门扉，似乎是在深入陷阱当中。她非常随便地就进入了看上去不设防的区域，里面没有白海鸥的踪影。可无论是长时间没有修剪的草坪，一扇玻璃破碎而没有得到替换的窗户，还是摆放在二楼的钢琴，都可以透露出关于白海鸥的信息。言语认为一个秘密会在口口相传中被窜改，而一个人生活过的痕迹会在时间流逝中渐渐模糊。

现在房子已经人去楼空，若是挨个房间地搜查，会确认这是栋没有密道、暗室、夹层的普通两层房屋，不是什么机关重重的地方。当然，如果非要在这里藏起什么的话，这里可以藏下钢琴师的生活习惯及其往事。

白海鸥失踪了，如果按照他喜欢说谎的性格，肯定会说自己置身于银河系外的某颗行星上，正在和外星人掰手腕。一个原本就不怎么有存在感的谜一般的男人人间蒸发，本来应该不会有人在乎，就像冰川上的一头北极熊失踪，对于普通人来说重要性不如自己坏掉的雨伞。可是言语在找他，觉得是自己不小心遗失了一本书一般丢失了白海鸥，想要将其找到。

白海鸥的家里除了一架钢琴外只剩下空荡荡的地板，连窗帘都没剩下，偷窃——不，哪怕抢劫都做不到如此彻底。仿佛是什么组织想要销毁白海鸥的存在一样，这可没有将纸张递进粉碎机那么简单，要销毁一个人，光是在其脚上绑上足够重量的汽车发动机再投进湖泊深处是不够的，还得删除别人关于他的记忆。她并不觉得自己置身于案发现场，需要用放大镜检测门把手上的指纹，用镊子夹起洗手池漏口处的毛发或地板上的纸团。她只是检测了一下电灯开关跟水龙头，坐在盖上盖板的钢琴上几分钟，然后就离开了。

之后几天的黄昏，每次下班她都会故意绕远路到白海鸥的房子那儿，什么也不做，只是徘徊，出现在白海鸥曾经出现过的各个位置上，然后消失。

第四天下午，她坐在钢琴上，看起了从角落里捡到的缺页的连载漫画，仿佛不再试图找到白海鸥。因为就找东西而言，她一向不怎么执着，不会到处张贴寻物启事，不会重复检查每一个抽屉，不会情绪失控。对于失踪许久的白海鸥她也是如此，独自待在全部门窗都敞开的室内，风不时合上一扇窗户。她并不知道这幢偏僻的建筑物是比十字路口重要的交叉点，自己能做的就是像蜘蛛网上的花蜘蛛一般敏捷地捕捉颤动。在没有壁虎的天花板下，言语非常平静，最激烈的动作也只是翻页。

大约二十分钟后，凭借偶尔从漫画上移开的目光，她注意到虚掩的门后躲藏着的男人，他那嵌有纽扣的手袖暴露出来，或许他并不想隐藏，只是没有准备好该怎么面对陌生的言语。似乎在他看来，到处都有家具底部形状的灰尘印迹的房子里，仅能容纳一个人的孤独。他的手直接从门后面伸出，像是悬疑电影的一个镜头，很适合从衣架上偷走作为证据的物件，很适合手持匕首刺向女人赤裸的后背。可是在言语不移动的目光中，门后的男人露出一半忧郁的面孔，然后重新掩藏，最终露出完整的面孔，这个过程有如电视机改变频道，他找到了让自己面对言语的频道："咳——咳，抱歉，在进入陌生的空间前，我首先得排除危险。"

"那么，你在这里发现了什么危险品了吗？比如地雷什么的。"言语又翻开一页，上面有一些涂鸦。

"目前没有。"那个穿棕色夹克的男人小心翼翼地进入室内，再一步步退回原来的位置。似乎只要按一下琴键或者开一下电灯就能让他受到惊吓，他会从轻微的动静中感觉到炸药的引信在缩短般的恐惧。

对方的神态让言语觉得受到了侮辱，她的手指在盖板上跳动："那么你来到这里是为了什么？深入这个房间，对你来说就像在未穿潜水服的情况下深入海底，似乎有生命危险。"

对方说："来这里找白海鸥。"

言语说："为什么找他？一个总是说谎的、不靠谱的家伙。莫非你是他失散多年的兄弟？还是有血海深仇的宿敌？"言语觉得空间里缺少什么，可又说不上来，大概不是缺少一根肋骨那样严重的事情。

关于白海鸥，言语印象最深刻的是，人们总是在他身上发现跟自己故人相似的一部分，他的耳朵像她死去的儿时伙伴。他是个存在感很弱的人，跟他建立联系就像在电脑与鱼缸之间连上电线，容易格格不入。他通常是在这种情况下被想起的，学校点名查缺席的学生、询问在场的哪一位会修理空调……仿佛总是置身于大众视野的盲区。

"都不是，我是他在汽车修理厂的同事，他很长时间没有去上班，所以来看一看。"男人耸耸肩膀，在远离言语的区域徘徊，他开始熟悉这个空间，开始熟悉言语。

"他是修理工？我认识的白海鸥是钢琴师，不过我知道他有很多身份。"言语说，"不知道你有没有听过盲人与坦克的故事？四个盲人分别摸到了坦克的履带、炮管、前甲与顶盖，他们都从自己的角度描述了错误的坦克形状。也许我们认识的都是白海鸥的一个侧面，而不是他本身。"

"没有，只听过盲人与大象的故事。"对方说，"你知道他去哪儿了吗？"

言语说："抱歉，我也不知道。"她从钢琴上跳下，落地的声音让人联想到橡果落入深不可测的枯井当中。她终于想到空间里缺少了什么，缺少一头这里的高度无法容纳的长颈鹿。

"既然如此，那么我告辞了。"他对她略微低头然后站在门口，之前警惕地观察里面，现在又警惕地观察外面。一件事物脱离他的视线太久，他就会对其变得陌生，无论是汽车还是妻子。所以当再次见面后，他总是得重新熟悉怎么挂挡怎么踩油门，重新学习怎么爱自己的妻子……此时此刻，他得重新相信外面是安全的。言语想要说什么，但是什么也没有说。

那个男人消失了，他的出现没有让这里增加一片青瓦，他的离开也没有让这里减少一个水龙头，是个无害的男人。现在，空荡荡的地板上只剩下言语一个人，此外连一只瓢虫也没有。支脚上装有滑轮的钢琴是冰冷的，缺乏温度。若是再等几个春秋，窗外毛樱桃的枝杈就可以伸入室内触碰到言语现在所在的位置，只是那个时候她已经不在此地。

她原以为这样的安静会持续到自己离开，可是不到十分钟，她就听到嗒嗒嗒的动静，外面的楼梯上传来急促的脚步声，像极了连续敲击打字机换行键的声音。言语原本倚靠窗户，欣赏微风中枝杈互相交错的苹果树和樱桃树，树叶构成了浮动。她回过头来，看见门口伫立了一个年轻女人，对方在她提问之前提问："白海鸥在哪里？"

言语的回答是："抱歉，我也不知道他在哪里。"

简单的询问几句后，对方怅然若失地离开了，她们没有说任何多余的话，没有互相问寻找白海鸥的原因。之后陆续有人来找白海鸥，他们很快出现也很快消失，言语一次次重复那个回答："抱歉，我也不知道他在哪里。"

她显得无可奈何，发现自己置身于一个交叉口上，寻找白海鸥的交叉口。许多拜访者都对她说谎，擅长说谎的白海鸥绝对跟他们是一类人，她想起初次见面时白海鸥对她描述他神秘莫测的背景，当时她就怀疑白海鸥是从一家精神病院的病室里跑出来的，现在她怀疑那些拜访者是同一家精神病院的其他病室里跑出来的，有如从相邻的六边形蜂室飞出的工蜂，在现实当中传播梦幻。

最终，一个相当衰弱的老人敲响房门："很是冒昧，未经允许就登堂入室。请问白海鸥在吗？"

而言语没有再重复那个回答，她说："大概两周前他拎着行李箱上了一架飞机，去了遥远的南极，还没有寄明信片回来。"

老人说："南极？"

言语说："是的。"

老人说："我是他在诊所的同事，他很长时间没有来上班，所以我来看看，不知道他什么时候回来？"

言语说："他不回来了，他在那里为企鹅们开了一家诊所。"

"不回来了？真是遗憾，我还能想起我们初次见面的场景……"老人接着说了一段啰里吧唆的废话，最后才说，"那也是没有办法的事情……那么告辞了。"

这一次她选择说谎，因为她意识到，那些人并不是想找回白海鸥，只是想确认他已经消失这一事实，所以告诉他们白海鸥去了月球也没关系。等老人离开之后，言语也准备离开，她转动目光四下搜索，想要从空洞的视野里找到诱发自己回忆的东西，可是一无所获。

她每退出一个区域就关上一扇门，在走出了院落并且关上了铁门时，她就预感终究会有人再次将其一扇扇推开。她离开前在庭院里折下一枝花，伫立在夕阳中的路口，一片片扯落花瓣，她轻声道："明天会是晴天还是雨天呢？单数是晴天，双数是雨天……"

那么花瓣的数目是单数还是双数呢？

是单数，不管言语内心如何期待都是单数。如果她的问题是自己爱不爱白海鸥，单数是爱双数是不爱的话，那花瓣的数目就会是双数。

"是晴天啊。"言语扯落最后一片花瓣，望着散落一地的花瓣，她没有制作标本再夹进书本的想法，那是开始褪去色泽的碎片。不知为何，言语想起了小学时由于要做一个小手术而住院的情景，是不怎么复杂的扁桃体摘除手术，因为害怕伤口感染而住院观察两天。她至今都觉得手术前注射的麻醉剂作用残留在自己灵魂里面，造成她现在经常困惑与不安的症状。在弥漫消毒水气味的病室里，连角落里作为观赏植物的天竺葵都是不健康的，言语躺在病床上，在旁边请了假陪伴她的孪生姐姐眼中，言语随时都会飘起，然后以寂静的睡姿悬停于半空中。无论谁来看望她都可以沉默，不需要发出声音回应，对此她首先是不适，然后是习惯，最终是迷恋上这种感觉，相信自己不仅被摘除了扁桃体也被摘除了声音。身体恢复后她一直不肯说话，开始学习跳舞般学习手语，沉默是将自己藏起来的方式，有如将一片树叶藏在森林当中。即便父母将她送去按小时收费的心理医生那里，每次都要喝苦涩的药水，她也绝不开口。

几个月后的某天，下雨天的放学后，她在临靠院落的屋檐下逗自己养的小狗，比她晚回家的姐姐在她旁边收拢雨伞，她一直觉得一模一样的姐姐是另一个自己，姐姐蹲下身来在她耳边细语："我知道你失去了你的声音，如果还是找不回来的话，我从现在开始沉默，把我的声音借给你。"

漫长的沉默就在那一刻开始打破，她重新开始说话。

走在回去的路上，在她周围的一切都是动态的，车流有如毛细血管中的红细胞，在相当固定的通道内移动，不管速度递增或递减，都会回到同一点。假如每天重复走一条路线的人士，出现在昨天出现过的十字路口遇到红灯，摇下玻璃车窗，转往右侧看到另一辆车里抓住红灯时间激烈接吻的情侣——而昨天转往右侧的双眼看到的是另一辆车里的肥胖中年男子，二者不同。通过不同的参照物，得出自己已经从昨日逃出，开始了崭新一天生活的错误结论。

　　旁边有一座蓝色的电话亭，确切地说，那条街道每隔五十米就有一座蓝色电话亭，它们形状相同。路过第一个电话亭时，隔着玻璃窗她看见里面的投币电话没有挂上，听筒几乎垂至地面，从那里传出来自远方的微弱声响。她没有进去看看怎么回事，防止自己进入里面要比外面看上去的更大的时间机器当中。

　　等到下一个电话亭，她又听见那个声音，因为里面的电话听筒也没有挂上，几乎垂至地面。她继续往前走，路过一个又一个电话亭，每一个都一样，没有挂上的听筒传出同样的声音。似乎有谁要强迫她去接电话，那是一种极其强烈的心理暗示，在无形之中把她逼入死角。

　　最终，觉得无处可逃的她还是打开电话亭的门，又默默关上，把自己关进里面。由于粉色外衣的一角被夹住，一脸疲倦的她重新开关门，将自己锁进了可以称之为密室的电话亭里。里面有各种色彩的涂鸦，肮脏的玻璃上还粘有一块口香糖。垂至接近地面的高度的话筒晃动着，等待她拿起，在深呼吸之后她接听了那通电话："喂，你好吗？我知道白海鸥在哪里……"

伪情感小说 三

　　非常非常晴朗的天气，鱼鳞状排列的云絮勾勒出弧形，上一次下雪是很久很久以前的事情，下一次下雪将是很久很久以后的事情。这是任何一个喜欢雪或者讨厌雪的人都可以冷静的时刻，但是言语始终无法冷静。

　　相当简洁的房间，不知道出自哪位设计师之手，隔音的墙板内，听力一般的人也可以通过翻阅笔记本的哗然判断翻到了第几页，以及那一页是否有折角。已经是候鸟繁殖的季节了，可是在这里的话不仅听不到，也联想不到。这里是让人缺乏情欲，无法产生性幻想的冰冷场所，置身其中就像穿羽绒服置身于冷藏海鲜的仓库。显眼的摆设是一张桌子和两把椅子。

　　就是在这样的场合，言语跟穿便服的巡警相隔桌子面对面坐着，因为喜欢卡夫卡小说的缘故，对方的外号就是卡夫卡。目前来看，他们相处的气氛非常融洽，对双方而言这都是一场不错的会面。卡夫卡在用小刀细心地削铅笔，铅芯变得非常尖锐，简直可以当作凶器。

　　那么，言语与卡夫卡哪一个会先打破沉默？

哪一个打破沉默都无所谓，这是次要的问题。

言语说："很明显，这里没有拉小提琴的人。"

卡夫卡说："没有发出香味的白蜡烛。"

言语说："没有图片总是比实物漂亮的菜单。"

卡夫卡说："没有高档葡萄酒。"

言语说："连餐巾纸都没有。"

卡夫卡说："灯光也只有单调的白色灯光。"

言语说："这不像是浪漫的约会。"

卡夫卡说："可也不像是严格按照程序的审讯。"

言语说："那么称之为严格按照程序的约会吧。"

卡夫卡说："或者说浪漫的审讯？"

言语用叠加的双手托住下巴，而巡警卡夫卡则一下下敲击电报般敲击笔头，沉默，突如其来的沉默，似乎双方都是被突然拔掉插头的机器人。寂静持续了两人意识不到寂静发生了的片刻，断开的连接便重新连接上了。言语跟卡夫卡都没有发觉，刚刚进行的交替对话，"言语说"改成"卡夫卡说"，或者"卡夫卡说"改成"言语说"都可以成立，都不会构成悖论。可是无法通过上述言辞说明言语就是卡夫卡而卡夫卡就是言语，根据已知的过去可以阻止当下的混淆。当然，如果从一个第三者的角度切入，而这个房间是首个看到的场景，被告知那是巡警言语和普通人卡夫卡的对话，从一开始就混淆立场的双方，继续深入下去就会陷入不可逆转的偏差。

言语和男友分手不久，卡夫卡和女友分手不久，原本素不相识的二者是朋友的朋友的朋友这种关系。在身边人的介绍下进行着像是审讯的约会，两个人都没有真正发展关系的愿望，见一面只是为了敷衍身边的朋友。作为一个插画作者和一个巡警，为了消磨时间他们谈论的不是自己的生活，而是一个科幻故事，在小说中谈论小说。是卡夫卡选择的见面地点，这家有点像是监狱的旅馆是他朋友开的，他经常来这儿。也许是经常给人做笔录留下的习惯，言语说想要谈论科幻故事后，他去朋友那儿找来铅笔和小刀，似乎想把自己感兴趣的内容记在随身携带的笔记本上。

卡夫卡停止敲击笔头："那么进入正题可好？"

言语的食指抵住下唇："我还以为你削铅笔就是进入正题了呢。"

卡夫卡十指交叉，仿佛是刚刚移动棋子进行了将军的棋手："想必你没有去过南极，那个有极昼与极夜的大陆，温度可以低到零下89℃，一旦流眼泪，眼皮就会直接被冰黏住。"

言语说："你去过那里？怎么一副回忆往事的模样。"

卡夫卡说："没有，说这些只是为了增强代入感。在南极的某地，科学家发现一只小贼鸥落入冰窟当中正在挣扎，无能为力的贼鸥妈妈在近处打转，他选择了旁观，第二天他再去的时候小贼鸥冻死了——你知道存在什么问题吗？"

言语凝视着旁边的镜子，看着镜中的自己说："科学家自以为是局外人，是自然界的裁判。可实际上不是，他出现在南极他也就成为南极生物圈的一部分——这样的行为表面上是不干预生态平衡，可实际上是在暗示自己支配着一切，自己是不受约束的上帝。"

"没错，没错。"卡夫卡打了一个响指，"于是在第二天，贼鸥妈妈为了报复，飞去啄瞎了科学家的一只眼睛。在这个世界上有许多持不干预态度的人存在，比方说站在制高点上的人，看见以不同速度前行的汽车与女性，根据数学计算，处于对方视觉盲区的二者路线存在交点，可能会出现一摊鲜血作为标记，跟 x 方向无限水平的线与 y 方向无限水平的线的交点不同，那是两条命运线交叉的一点，新闻通常称之为车祸现场。而站在制高点上的人不去提醒双方，坐视悲剧发生，这种旁观像是那个自以为是的科学家，但是从法律角度是很难定罪的。

"也存在另一种情况——某个人修改机器设置，将金属模具送入锅炉加工的抓手机器，让它会抓住人往锅炉里送，制造出杀人陷阱。当有人不幸被机器送往锅炉而呼救时，只需要拉下闸门就可以阻止一切的情况下，选择漠视自己一手制造的局面继续欣赏的人，目睹一个活人被送入上千摄氏度的锅炉的行为——这种旁观从法律角度很容易定罪——那么，你觉得自己属于前后哪一种类型？"

在窗户外，言语不知道有没有眼睛正监视着里面。室内没有时钟，不知道是不是为了让里面的人感到压抑，这种环境，要么会恐惧时间过得太快要么会恐惧时间过得太慢。置身于这个冷色调的空间，言语将目光转到卡夫卡的瞳孔上，在这里无论视线怎么转动，都会回到那对深邃黝黑的瞳孔上："都不属于。迷宫适用于所有人，可设计者总会给自己留下可以逃出的出口，法律规则对所有人都适用，可设计者会给自己留下可以钻营的漏洞。"

卡夫卡没有正面回应这个话题："通常侦探小说的套路，描写顺序不会是凶手出于怎样的动机，通过怎样的步骤，再怎样杀死人，这样缺乏悬念。描写顺序会反过来，首先出现死者，再分析作案手法，然后找出凶手，最终凶手坦承罪行并且说出动机。什么样的动机都可以，那不重要。

"那么，你说有非常不可思议的故事想要告诉我，不知道你愿意采用直叙还是倒叙的方式？在上午时间有的是，你可以尽可能地详细描述，我不介意的，没有谁等你赴约的吧？"

"没有，我要说的不是侦探故事，而是科幻故事。"

卡夫卡说："你是一个插画作者，为什么会构思科幻故事呢？"

言语说："因为想过改行成为小说作者。"

"原来如此——你之前已经开了头，主角是女性，年纪和你相仿，相貌和你相仿，性格和你相仿，但她不是你。她遭到了绑架而陷入了昏迷，当醒来的时候发现自己置身于完全陌生的环境，那是类似放映室的场所，有一排排皮垫座椅。当她醒来的时候，另外五个人也在不同位置醒来——也就是说一共有六个被绑架者。能够在同一时间绑架六个人，说明幕后势力非常庞大呢。"

"是的，她的名字叫E，原本在图书馆里，时间大约是下午三点，白天最让人昏昏欲睡的时刻。在进入一个小房间后她睡着了，当醒来后便发现自己躺在几张相连的椅子上。其他五个人在误差不到五分钟的时间里醒来，原本不相关的人在一个空间里产生交集。如果待在原地不动，感觉不到那里是密封的空间，毕竟放映室连通其他房间，其他房间又连通其他房间，如此循环，他们有如困在果核里而不自知的生物。

"那里的空间结构类似于由许多六边形构成的蜂巢，从放映室开始不断打开其他房门的结果是最终又回到放映室。一扇窗户也没有，每个房间的日光灯都是打开的，根本不清楚外面是白昼还是黑夜。以放映室为轴心扩展开的房间都是同样面积的正方形，不过摆设并不相同。其他五个人——"

"等等，你说待在原处就意识不到那里是密封的空间？"卡夫卡的目光闪现过一丝异样的色彩。

"对的，怎么了？"言语的手指在膝盖上跳动。

"一周前审讯一个罪犯时，他说了类似的话。"卡夫卡说，"他当时想要吸烟，这是不被允许的，我没收了属于危险品的打火机。那个奇怪的人对我说——在小说里顺其自然地服从作者的话，就意识不到小说就是密封的空间，所谓的密封空间是监狱。碰到讨厌的人，他无法像作家写出不合心意的人物般一笔笔画掉，只能用枪解决掉——相当有哲学意味的话呢。"

"干吗跟我说这些？"言语抚摸右耳，"我对这些不感兴趣。"

"插进题外话，打乱对方原有的想法，从而让对方无法准备好没有漏洞的回答。"卡夫卡转动铅笔，"这是一种审讯技巧，本不该用在这种地方，但是出于职业习惯嘛。"

"好的。"言语并未流露出不满，"其他五个人，他们分别是回家休假的远洋轮船男性船长、学药物研发的女大学生、酒吧的女驻唱歌手、男性电影导演、音乐学院的男性钢琴修理工——这是他们自己声称的身份。原本没有任何交集的他们变得有关，他们在找不到出口的空间里一筹莫展，在不同位置上以不同姿势沉默着。

"这时一片黑暗的屏幕突然出现画面，首先是无信号状态的雪花，数分钟后转而出现夕阳下的沙滩画面，一群穿着比基尼的女人正在打沙滩排球。又过了一会儿出现巨型米老鼠头像，而且开始播放沙哑的声音：'哦，大家好吗？我可是好得不得了，毕竟愉快的心情千金难买，感觉像是盛夏时骑摩托车去海边，跟穿比基尼的女孩一起踩着冲浪板冲浪，然后一起被一阵海潮卷走。咳——咳，不好意思，可能煽情了一点。相信诸位对于眼下的情况非常困惑，我就是为大家说明情况的，等一下诸位的困惑就会转变为恐惧。简而言之，这里有一头怪物，跟吸血鬼不同，它吃人的灵魂，所以不会像没有教养的人吃烤鸭般弄得狼藉不堪，会最大程度地保持现场的整洁。那么，就请诸位以最佳的心态迎接死亡吧，大家会有秩序地离开人世。是根据需求进行的选择，希望大家遵守规则……'"

"专门吃人类灵魂的怪物？"卡夫卡拗断笔芯，站起来在地板上走来走去。两个人置身于室内，不管外面是在下混入了鲑鱼的暴雨，还是掩埋道路的大雪，都与两人无关。

"是的，吃灵魂的怪物，这是一种概念或者符号。"言语回答。

"莫非是那种出现时四周的电灯忽明忽暗，温度降到冰点，形状类似于木乃伊，没有脚，披着斗篷飘忽不定地行动，在被其吸食灵魂的过程中，会想到过去最悲哀最绝望的往事的怪物？"卡夫卡站在洁白墙壁面前。

"不是呢，可是这些形容描述，跟那个怪物体现的是同一性质的东西——人类内心的恐惧与脆弱，你描述的只是你的恐惧，每个人都会从自己的角度形容恐惧的。长满白毛的雪人啦，潜伏在床底的两只脑袋的恶婴啦，面孔上没有五官的无女啦——这些形象都是恐惧的不同体现。"言语描述怪物时，故意没有说出自己最害怕的东西。

卡夫卡转身原路返回，感觉是雪地上沿着自己脚印行走的狐狸："我觉得换一种解释比较合理，那就是他们被一种头盔状的外星生物袭击了，一种名为梦蟹的专门靠吸食人类大脑为生的生物。它包裹住人的头部将吸盘从太阳穴钉入，为了麻醉人而让人置身于迷宫的梦境当中，它好用肉质的吸管抽空人的脑髓，就像蚂蟥吸血时会释放麻醉剂一样。"

言语笑了，她原则上可以在房间里自由活动，可是她总觉得自己无法离开转椅，对转椅产生了依赖感。她的手指滑过空白的纸张："这样，作为科幻的故事就容易成立。一种说法可以套住另一种说法，可是用大盒子套住小盒子，小盒子里面装的是什么一样不变。"

在一个空间里，人会根据空间结构的限制来进行活动，不可能说用锯子锯开墙壁来进出或者背着降落伞下楼，在不知不觉间沦为规则的囚徒。一直想写点什么的卡夫卡什么也写不出来，用笔头敲木鱼般敲自己的脑袋。

敲门声响起，卡夫卡都忽略了这里有门的存在。那么门外是谁呢？A是无关紧要的同事，B是无关紧要的路人，C是无关紧要的服务员。

在选择A的情况下，无关紧要的并且只会出现一次的同事走进房间："抱歉打断你的假期来这里找你，麻烦出来一下，一直盯着的那辆雪佛兰在一个隧道里不见了。"

"不好意思，我得离开一下，有工作上的事情。"卡夫卡对言语说。

"请便。"言语对此没有任何反应。

在卡夫卡离开后，只剩下自己一个人的情况下，言语重新审视这个空间，简洁的感觉让她联想到医院地下室里空荡荡的太平间。不管窗户外面是否有人盯着自己，她开始移动，出现在房间里不同的位置上，在角落里重复开关饮水机的水龙头，在卡夫卡的位置上拗断铅笔再重新削好，从一盒火柴里掏出一根火柴擦燃又马上熄灭……这些行为并不相关，无法像多米诺骨牌一样连贯出某一种可能，倒像是不同杂志上剪切的画面重叠在一起。

没有时钟的室内陷入死寂，虽然没有风动的声音，可言语还是想从天花板上找出海螺中有的螺旋形纹理，那样可以证明整个空间是一头动物的残骸。她将耳朵贴在门板上，没有听到心脏跳动或者血液循环的声音，可是听到了椅子略微挪动、高跟鞋敲击台阶以及马桶抽水的声音。她感到失落，回到转椅上侧过面孔嗅了嗅衣领。

　　大概半小时后卡夫卡回到房间里，他对言语的印象停留在半小时前，仿佛在这期间言语犹如按下暂停键的录像，他什么也没错过。可是这点时间，足够一个人的态度发生转变。

　　"抱歉，抱歉——处理别的事情花了一点时间，唔，可以继续说下去了。"卡夫卡略显疲惫地用笔头抵住太阳穴，他并没有注意到铅笔的缩短。

　　言语说："那个声音说：'希望大家可以遵守规则，规则只有四条——

　　'1. 次怪物出现只会杀死一个人，它的出现有时间间隔，只有被选中的人才可以看到怪物。

　　'2. 看到怪物的人将会在一分钟后死去。

　　'3. 物理攻击对其无效，化学攻击对其无效，心理攻击对其无效。

　　'4. 怪物在同一件事情上最多会被欺骗一次。

　　'那么希望大家玩得开心，当然，我也乐见你们去破解这一问题，请把这里当作实验室，完全不必担心破坏东西需要赔偿什么的，祝大家好运。'

　　"出于一种非常简单的心理暗示，因为屏幕上的头像是米老鼠，在六个人潜意识里对幕后黑手的形象认识就是米老鼠。一开始六个人完全陷入了云里雾里的状态，互相自我介绍，合作检查所有房间想找到出口但是一无所获。在怪物没有出现的第一天大家都并非相安无事，在一间只有一架钢琴的房间里围成一圈，像是开通灵会般互相提间，发现大家都隐瞒了自己的真实身份，因为在陌生人聚集的场合，一层虚假的身份可以像蜗牛壳般保护自己。他们互相拆除伪装，就像洗去脸谱上的油彩。远洋轮船的船长实际上是轮船上擦甲板的清洁工，学药物研发的女大学生实际上是学心理学的女大学生，酒吧的驻唱歌手实际上是酒吧的服务生，电影导演实际上是临时演员，钢琴修理工实际上是钢琴师。

"他们选择了与真实职业相关的虚假职业，要在不被发现的情况下替换掉什么，最好的办法是用一片树叶替代另一片树叶，用一枚贝壳替代另一枚贝壳，用一只船替代另一只船。他们在这样的状态下度过了第一天，不同的房间有不同的陈设，他们找到了厨房，当天晚上吃的是冷冻鲑鱼。晚餐后钢琴师为大家弹了几首门德尔松的曲子，而女主角 E 则为大家调了几杯低度数的加了橄榄汁的啤酒，当时大家像是在度假一般惬意，临时演员还表演了一段笑话。"

"唔，接下来死亡该降临了吧，不然作为故事就过于拖沓了。"卡夫卡到饮水机前用一次性纸杯盛了三分之一容积的热水，三分之一容积的冷水，然后因为喜欢双数的原因放进了两片干薄荷。他将纸杯放在言语面前："他们被困在迷宫般的密室里，进去时没有带毛线团所以无法原路返回，里面有一头专门制造死亡的怪物——相当糟糕的情况呢，但是这种糟糕的情况并非独一无二的，类似的密室凶杀案可以发生在一列驶过无人区的火车上，可以发生在有敲门声也不会有人开门的半圆形月球基地上，可以发生在电梯被破坏的钻石矿井深处……

"如你所说，想要藏起一本书最好藏在图书馆里，想要藏起一条飞鱼最好藏在一群飞鱼里，想要藏起一桩真实的密室谋杀案最好藏在一桩科幻的密室谋杀案里——因为警方不可能针对一头怪物展开调查。"

言语拿起水杯喝一口温度刚好的水："那里一个房间套另一个房间，从放映室出发总是会回到放映室，是循环的结构。有的房间是图书馆，有的房间里是湛蓝色的游泳池，有的是温室花卉培育室……各种类型的房间都有，如果一开始那个米老鼠告诉他们，外面的世界发生了各国互相投掷核武器的第四次世界大战，或者生物化学事故导致人类大规模变成僵尸的危机——总之就是世界末日到了，那里不是监禁他们的牢房，而是保护他们的避难所，他们也会相信的。"

"我的天，铺满瓷砖的游泳池？还有图书馆？难道一头怪物还需要在泳池里游泳，需要用蹄子翻阅书籍，需要在寂寞时边喝可口可乐边观看枪战电影？就我的常识而言，那种丑陋的生物，只配睡在一堆人类骨头上面为吸血的寄生虫苦恼，等待误入自己巢穴的人类。难道它跟那个挤掉我当上巡查长的混蛋一样，家里有背景不成？"卡夫卡愤愤不平，用笔头抵住太阳穴。

言语继续说："谁知道呢，也许不仅仅是人类分成有钱人和没钱人，怪物也分成有钱怪物和没钱怪物。在那个地方，待了一两天后人们开始松懈，轮船清洁员在水池里划水，女服务生总是跟钢琴师同时出现又同时消失，临时演员一直待在图书室里看过期的时装杂志，女大学生则依旧一个房间一个房间地找出口。而E则在储酒室里，同时听收音机里播放摇滚乐。

"很多时候对于监狱的管理宽松一点，比如允许犯人养一株绿色植物，犯人就可以接受现状甚至认为自己是自由的。他们就是如此，类似于在温度适宜、含氧量刚好、盐分均匀的鱼缸里游弋的热带鱼，几株琵琶草就蒙蔽了眼睛，自以为活在深蓝色的海洋当中。如果继续沿着那样的生活方式生活下去，他们可能会像《十日谈》里的青年男女轮流讲故事，构成诸多神话的起源。又可能由于自身承载的罪恶，由于彼此之间的陌生与隔阂，由一个最脆弱不安的人动手开始引发谋杀案的连锁反应，让罪恶在温室里培育出畸形的死亡之花。"

卡夫卡仰视着天花板，他希望整个空间玻璃般透明，一目了然。可他没有想到透明的玻璃比黑色的夜幕更加难以理解，玻璃可以通过折射效应产生许多的误解，面前这个女人就是如此。卡夫卡闭上双眼轮刮眼眶："接下来呢，发展成三个男人和三个女人之间的爱情故事了？"

"怎么可能。"言语表示不满。

"那么就跳过无意义的部分，我并不想知道女主角洗澡喜欢用香皂还是沐浴露，也不想知道她左撇子还是右撇子，作为一个普通读者，我肯定只想知道关于怪物的事情。"卡夫卡咬了一下指甲。

"当然，他们并不认为杀人的怪物是幕后黑手虚构的，他们相信它存在，只是等待的过程中渐渐产生厌倦。"言语将纸杯从左手换到右手，再从右手换到左手，如此重复，"他们也做了准备，准确地说是服务生和钢琴师做了表格，综合大家的资料进行排序，比如说从年龄角度排序——钢琴师认为怪物攻击人会有先后顺序，就像狼攻击羊群会先选择弱小或者速度慢的下手，怪物攻击人也会排序——当然，它究竟根据什么行动至少要它杀掉两三个人后才能计算出规律。而服务生怀疑幕后黑手就潜伏在六个人中间，所谓的怪物是指这个人会将其他人谋杀。在他们讨论这样复杂的问题时，大脑运转不快。还受到酒精麻痹的女主角跟轮船清洁员在旁边打桌球，她显得像是次要角色。"

"第一个死者什么时候出现的？"卡夫卡问。

"是在第三天，下午，桌球室里，死者是轮船清洁员。"言语回答。

"当时其他人在场吗？"卡夫卡追问。

"这是比较色情的片段，面对审查的话可能要删减，女主角跟他在台球桌上缠绵，翻动身体造成那些不同颜色的球体碰撞，两人裤子都褪至脚踝处，不知道谁的皮带上的钥匙发出声响，他们缠在一起。"言语非常平静，瞳孔宛若投进石子也听不到声响的深不可测的井，仿佛只不过是在阐述电视上看到的某种工艺品的制作方法。

"请继续说。"卡夫卡挠了挠头发。

"突然，清洁员从E身上离开滚落到地面上，造成标有数字号码的圆球跟土豆一样在上等材质的地板上弹跳，他在瞬间疲软。他努力想要拉起裤子，可即便是从脚踝处拉到膝盖处也做不到，惊声尖叫往墙角退去，用蛇一般的匍匐形式后退。E在拉上拉链前钢琴师就已经应声而至，他无视E裸露的肢体开始看着手表计时，要求清洁员告诉他看到了什么。

"清洁员已经语无伦次：'它正在靠近我，手里拿着电锯的妖怪——你们看不到吗？它就在你背后露出三角形的尖牙齿。救救我。它有三只眼睛，面孔上打满了补丁，绿色的眼睛跟大白鲨的差不多，嵌在眼眶里几乎一动不动。我银行卡里的存款还没有花完，冰箱里的半边比萨还没有吃完，家里的几部色情录像带还没有来得及看，我就要死在最害怕的电锯杀人狂手里了，快为我祈祷为我祝福为我哀悼吧！天哪，它直接穿过了你的身体，它正在用电锯锯我的肩膀……'

"无论钢琴师用怎样的手段想让他镇静下来都无济于事，最终是死亡让他平静下来的，在看见其他人看不见的存在后，他没有出现任何伤口地死去，瞳孔放大，肌肉松弛，心脏停止跳动。这时赶来的服务生踢到了标号为7的圆球，显得心慌意乱，她的目光躲开清洁员赤裸的下体，就像躲开房间里潮湿发霉的长着青苔的荫翳一样。钢琴师帮清洁员合上眼睛说：'不幸的人，不仅活得无意义，死得也无意义。'第一场死亡就这样发生了，感觉有如步下楼梯时踩空了一块踏板。

"钢琴师是个一丝不苟的人，不会按错一个琴键，也不会允许同样的错误发生两次，他让剩下的人聚集在实验室等待怪物再次出现，他在那里准备了各种研究器材，是服务生帮他准备的。温度相对较低的实验室里，突如其来的死亡改变了原本轻松的气氛，要知道有时天气阴沉几天后，海啸的第一个浪头才会爬上海岸，然后第二个浪头会接踵而至。死亡也是如此，要么不发生要么密集发生，让人同时接到几张葬礼邀请函。他们轮流提出看法，值得注意的有四点——

"1.清洁员看到的是他记忆里最可怕的形象。

"2.尽管不同房间有不同功能，可是每个房间都有一个电源插口。

"3.在清洁员死后，温室里枯萎的花卉长出了新叶，陈旧的地板像是重新打了蜡一样，生锈的金属的锈迹消失了。

"4.清洁员看到怪物的一分钟里，一半左右的房间停电了，在他死后电力重新恢复。

"四个小时后临时演员看到了怪物，只有他能看见，根据他的说法，无论他怎么跑，两者之间的距离都在缩小。尽管不停发抖，可他比较平静地面对死亡，按照他自己的描述，他看到了自己最害怕的吸血鬼。一对蝙蝠那样的膜质翅膀收拢着，它穿着笔挺的西装露出微笑时也会露出獠牙，偏瘦的身形宛若骨骼中空的翠鸟。而且，他说无论睁开眼睛还是闭上眼睛都能看到它的接近，都能看到它在伸出苍白的手试图触碰自己的脖子上的静脉。

"其他人按照安排，钢琴师对临时演员说的位置不断按下快门拍照，女服务生则双手端住手枪以不标准的姿势对那里开枪，女大学生在临时演员旁边，给他注射镇静剂的同时计时。而 E 则喝了一口手中的啤酒然后尖叫哭泣，她能做的只有这个而已。最终，临时演员摘下眼镜，调整呼吸，像是宇航员即将登上火星般压抑自己的情绪说：'祝你们好运，再见，子弹穿过液体般穿过它，它毫发无损，它的獠牙正在刺进我的动脉。'

"这是第二场死亡，在他看到怪物后的一分钟后发生，钢琴师拍的照片上没有任何异样，服务生开枪也没有起到任何作用，这说明米老鼠说的定律都是真的。似乎他们的结局已经注定，注定在迷宫的众多房间中一个个倒下。在下一场死亡发生前他们回到放映室，根据心脏健康程度排名的话，最差的是清洁员，然后是临时演员，再然后是钢琴师……这是当时唯一可以解释死亡顺序的数据。服务生说在清洁员死亡半个小时后，清洁员及其所在的台球室一起消失了，原本中间隔着台球室的图书馆与厨房现在毗邻了，那个出现死者的房间被删除了一样。

"服务生要钢琴师一起去第二场死亡发生的实验室，已经绝望的 E 跟女大学生则放起爵士乐想要享受生命的最后时光，他们还不知道该怎样迎接死亡。钢琴师和服务生两人离开，一小时后只有神情落寞的服务生独自回来。她告诉其他人自己知道的一部分真相：'我们所在的空间，实际上是非常落后的计算机杀人程序，它会对只有死者的空间进行及时删除。

'它对死者的判断仅仅基于三点——呼吸是否停止，心脏是否跳动，意识是否继续。但是一旦发现这个疏漏就会进行升级，这是它为什么在同一个问题上只会被欺骗一次的原因。在死者死了半个小时后，整个房间没有其他生命迹象的话就会被删除，但是如果在临时演员死去二十九分四十五秒时，实验室里出现按照评估确认死亡的另一个人的话，它是不会介意十几秒的误差的，会在满三十分钟时将他们一起从这里删除，送他们回到来之前的地方，它应该一直是用这种方式，在不同地方制造所谓心脏病发作而猝死的案例。抱歉，我发现了逃出这里的办法，但是只能够有一个人逃离这里。我让钢琴师从这里逃了出去。我用电击器使他失去意识，用泡过水的胶布封住他的呼吸口——封住呼吸口的胶布是遇水两分钟后会溶解的产品，用注射器对其心脏注射适量的导致心跳暂停半分钟的药物，在实验室里我做完这一切后离开，锁上那扇房门，等待删除的那一刻到来。时间到了之后我转身，挂满油画的房间与摆满收音机的房间之间，已经没有了实验室，完全没有。钢琴师将在外面醒来并且活下去。现在，将死人删除的程序已经升级，对死者的判断会详细到肾脏是否衰竭，瞳孔是否放大，血液是否停止循环——也就是说同样的疏漏不可能再次出现。'

"E和女大学生并没有问她为什么将仅有的生存机会让给钢琴师，甚至没有追问原因，似乎酒精已经麻痹了情感。收音机播放让人心烦意乱的音乐，可声音不会渗透到全部房间。在这里无所谓清晨或是黄昏，昼与夜无意义。她们就像待在沉船内部，由于水和空气之间的压强还没有进水的房间中，等待以潮水面目出现的死亡推开一扇扇门扉找到她们。

"第三场死亡，原本属于钢琴师的死亡悄然而至，女大学生说她看到了自己的继母，又一轮一分钟的倒计时开始了。她说她最害怕的继母正在走近，并且数落自己，要求她一天之内洗完衣服，准备三餐，修好汽车引擎，除去花园全部杂草，清扫一层楼到三层楼的全部灰尘——说她连这么点简单的要求都做不到真是不知羞耻，应该立即去死。然后她死了，完全没有像样的挣扎，没有鲱鱼在甲板上跳动一样的激烈反应，她只是抽抽搭搭地啜泣，然后归于平静。"

卡夫卡看了下时间："麻烦能否跳过一些次要的情节，直接告诉我结局，虽然现在是假期，可我下午还得去一趟汽车失踪的现场。看小说的时候我会看了开头直接看结尾，跳过中间的过程。"

言语没有流露不满："结局是无人生还。"

卡夫卡说："无人生还？"

言语说："是的，杀人的怪物是由那些房间组合成的，类似线路复杂的计算机，他们六个人其实待在怪物体内，参观不同功能的房间等于参观不同功能的器官。要知道怪物的本体是相当老旧的外星飞船，有自己的意识，因为意外事故而坠落到地球上，只能呼吸二氧化硫的驾驶员早已经死于氧气中毒。为了服从驾驶员死前的最后一条指令，也就是返航回到母星，它必须维持自身运转，它能够从人类这种碳基生命中抽取能源。于是从很久以前开始，可能从古巴比伦建造空中花园开始，它就伸出自己的许多不受空间限制的触手，伪装成散布在外面的各种类型的房间，来吸引猎物进入其中以榨取能量。或许是某部电梯，或许是某个地下室，或许是某间厕所，它不定期将人类下载进来，吸干每个细胞里的生命能量后将遗体删除。死者们看到自己最为恐惧的生物，而同时其他人什么也看不到，是因为程序是根据心脏健康程度排列的进食顺序，心脏有问题的人更容易猝死。它将恐惧这一情绪电波般投射进选中者大脑，如同镜子，人的大脑会自动生成最害怕的影像，所以千奇百怪的怪物只出现在死者大脑中，所以无论睁开眼睛还是闭上眼睛都可以看到，而其他人看不到。庞大的程序不需要充电但需要补充生命能量，通过这种投影，它在自己和死者之间建立数据链接，只需要一分钟，人类的每个细胞都将被抽空能量，像心脏病发作一样猝死。然后再把死去的人类传送回原来所在的时间与地点，在其他人看来那只是因为心脏病而猝死的倒霉鬼。每次建立链接它都要集中一半力量运转，每次吸取之后许多房间里的东西由陈旧变得崭新，延缓自己的报废时间。但是实际上，严重受损的飞船再也回不到母星了，它会一直留在地球，一直在各地制造这样的事故。"

卡夫卡说："真残酷的故事哪，为什么会无人生还？即便其他人都被程序用同一种方法杀死，钢琴师不是逃出去了吗？正常故事最终一定会有一个或几个人活下来的，得给读者一定希望，虽然现实是绝望的。"

言语说："原则上是逃出去了，那种方法的确可以骗过程序，但是服务生在注射的时候位置扎偏了一厘米，药物的剂量也算错了，毕竟她第一次那样做。因此钢琴师当场就因为心脏停止跳动太久真的死亡，凶手不是杀人程序而是想要救他的服务生，程序在被骗的情况下把他的遗体送回原位，某个乡间车站的长椅上，他仿佛是睡着了一般安详。"

卡夫卡说："这种密室逃杀的故事，如果没有幸存者的话不会受欢迎的，像恐怖小说让人感觉压抑。"

言语说："反正这个故事也没有出版，正因为如此，它不需要非常严密的逻辑，不需要考虑所有人的想法，只要我自己喜欢就行。"

卡夫卡说："是的，只要自己喜欢就行，可是还有很多故事漏洞或者隐藏情节没有交代，比如服务生为什么要牺牲自己去救钢琴师，出于爱还是其他原因？"

言语低下头，没有回答似乎也不想回答。

卡夫卡说："还有，你告诉我 E 是以你为原型的人物，可二者没有共同点，故事多少会反映作者的现实，你在讲的时候为了避免我知道那种现实，刻意改变了女主角，改变了叙事角度，就可以不告诉我不想告诉我的那部分内容。实际上 E 是服务生而服务生是 E，交替两片同一季节的树叶一般，从事件的主要角色切换为次要角色，在不说谎的情况下隐瞒某些事情，讲述另一种真实。是女服务生在台球桌上跟清洁工做爱，是 E 试图救出钢琴师——从旁观角度讲述，就不用交代真正的女主角牺牲自己救钢琴师的动机是什么，她最恐惧的怪物又是什么，一切都得我自己猜测。"

言语说："你似乎对这个故事不感兴趣，只是想通过这个故事来分析我，真是巡警的癖好呢。"

卡夫卡说："可是这种分析终究不会有结论。"

卡夫卡把手腕伸到中间，让彼此都能看见手表上的指针。他们觉得相处的时间差不多足够了，接下来应该告别，他们的命运在此产生交点，但是这样的交点终究不会再次出现。现在，外面该是怎样的景象呢？

是各种颜色的雨伞不断绽放的雨天，到处是浑浊的积水，潮湿像一种情感渗透进人类的灵魂？

不对，应该是晴朗的正午，到处是玻璃反光发出的刺眼光芒，十字路口躺着一只中暑的飞鸟，许多蜻蜓在低空盘旋，透明翅膀的振动声被来来去去的汽车噪声掩盖。

言语略微停顿："假设一下，如果那真的存在的话可不可以立案调查？对那个不断杀人的程序。"

卡夫卡站起来："很遗憾地告诉你——不行，假设你所说的东西存在，那种超自然的怪物杀人跟泥石流杀人一样，是不能被追究刑事责任的自然现象。我们不可能逮捕龙卷风，不可能起诉寒流，不可能枪毙海啸——我们也调查不了这样的杀人飞船。"

"懦弱。"言语转过面孔，由于不知道该凝视哪里而闭上眼睛。

"是的。"卡夫卡不假思索地回答。

"那么你可以做什么呢？"言语睁开眼睛，仿佛看到一株向日葵。

"跟你一样，把它写成科幻小说。"卡夫卡打开房门示意言语先离开。

"是啊，写成小说。"言语也站起来。

在外面的马路上，从配空调的室内走出的卡夫卡受不了高温，脱下外套搭在肩膀上，他跟言语并肩而行，但是马上要分别。他们对彼此印象不坏，只是觉得双方的人生没有重合点。或许单身的他享受如此温存的时刻吧，他首先凝视着远处城市的几何形轮廓，然后凝视准备转身的言语，没有挽留，在阳光中走向言语的相反方向。两人置身于无比晴朗的正午，到处是玻璃反光发出的刺眼光芒，十字路口躺着一只中暑的飞鸟，许多蜻蜓在低空盘旋，透明翅膀的振动声被来来去去的汽车噪声掩盖，两个人渐行渐远。

伪情感小说 二

　　来自西伯利亚的寒流无法抵达这里，同样，来自南太平洋的暖流也无法抵达这里。这里是内陆深处，可言语竖起耳朵聆听，想要听到来自远方的风音，看上去她在等待什么。

　　就在初次认识那天的上午，分手之时——当然并非男女情感意义上的分手，而是同一时间两个人往不同位置移动，不断扩大距离的行为。言语跟白海鸥没有留下联系方式，性格使然，两人在一起不是一加一的行为，而是一减一的行为，他们实际上生存于不同的象限里。

　　距离认识白海鸥已经过去一个多月，其间发生了许多事情，她因为和上司的争执从公司辞职了，目前投了几份简历去其他地方，结果都石沉大海。另外，她和那个迟到的男友分手了，她的男友还没有正式出场就已经退场，只在他人的对白中出没。当然分手的理由并不是因为他迟到，没有任何可以称之为引爆点的事件。一切自然而然，她在闲聊中做出了这个决定，而他也表示接受，没有任何争吵。她觉得伤感，但是还不至于难过。

接下来的一段时间，言语没有去找白海鸥，可她多次产生去找白海鸥的念头，然后又立刻打消。矛盾的心态体现在她的卧室当中，无关紧要的可以互相替代的东西越来越多，不同厂家的唱片机，不同牌子的高跟鞋，不同颜色的毛衣……她甚至想在门旁边凿出另一扇门，理由一样，为了拥有更多的选择与可能。出于一种刻意，她面对——用发卡还是皮筋束头发，主食是面条的话应该搭配番茄还是空心菜，用左手食指还是右手食指按下收音机的 OFF 键——这些问题时变得越来越难以抉择。

不断深入地选择，如同不断在岔路口决定方向。如果一再追问自己喜不喜欢黑巧克力，要不要去驾校学习汽车驾驶技术，讨不讨厌蟑螂幼虫留下的空壳……将无数种东西当成无数种选择，将原本不可分的东西分化，可能导致一个女人分成截然不同的两个女人，也就是自己和另一个自己，一个倾向于喜欢、相信、同意、快乐……一个倾向于讨厌、怀疑、反对、悲哀……如硬币两面。

她故意弄糟了自己的生活，经常翻看足够厚也足够无聊的书籍入睡，甚至忘了午餐，忘了浴缸里即将满溢的洗澡水，她最喜欢看的是没有插图而且错别字极多的苏联列宁格勒人民出版社 1956 年版《论一个拖拉机手的自我修养》。显而易见，言语的行为并不正常。

对，可以称之为反常了，在昨天吃掉一整条鳟鱼后，她怀疑一条鳟鱼的灵魂游入自己体内，自己成了鱼缸，她一度想要在放满热水的洗手池里用小刀切开手腕，也就是在鱼缸上制造一个漏洞，放走鳟鱼游来游去的灵魂。

她认为一切不正常都出现在跟白海鸥认识后，如果去热带雨林归来患上曼氏血吸虫病，可以归咎于热带雨林，同理，言语身上发生的不正常可以归咎于白海鸥。

咚、咚、咚……

连续的敲门声，言语装作什么都没听到。

然后，丁零、丁零、丁零……

门铃不断响起，言语在《毛衣编织的基础教程》这本书的第411页折上一个角然后盖上，继续装作什么也没听到地闭上眼睛。

笃、笃、笃……

紧接着是拍打窗户的动静，言语翻转一下身体，用软乎乎的枕头堵住两只耳朵。她想，自从遇见白海鸥的那天醒来之后，自己没有接到一通电话，对于第一个拜访者，她感到莫名的恐惧。室外的动静依旧持续，对方似乎认为自己在小心地敲即将解冻的冰层，用类似于阵雨的方式进行敲击。

这次她选择开门，门开以后——

"那么，小姐，您好，如您所见，面前就是推销员了。如果允许我加形容词的话，我会将自己称为能够把一颗恒星推销给一个女人的推销员，补充一句，还附赠半瓶人鱼的眼泪。这样，便能够将我跟普通推销员区别开来。我想，这样夸张而不失幽默的开场白，能够给您留下深刻的第一印象。

"那么，切入正题——小姐，您需要无论居家还是旅行都必备的人生意外险吗？无论是碰到车祸还是小行星撞地球都能为您提供一份保障，伤病最高能报销百分之六十的医药费，如果不幸死亡，我们还有附赠一块市中心公墓……"出乎她的意料，等在门外的是一身破旧西装而且手拎皮箱、身材很高的中年保险推销员。

"谢谢，不需要！"言语拉长声音然后想关上房门，但是敏捷的推销员提前伸出一只脚，用皮鞋卡住门缝。他说："如果您不需要保险的话，那么从芬兰进口的空气过滤器是否能考虑一下？"

"空气过滤器？"言语感到困惑，"你不是保险推销员吗？"

推销员说："作为昆虫般渺小的个体，置身于高度发达的商业社会，只有一份工作怎么可能养活一家子哟，我同时是十几家公司的推销员，虽然有的时候推销的产品互相冲突。有一名推销界的前辈说过，敬业的推销员不能简单地迎合消费者的需求，而应该去创造消费者的需求。"

言语说："我觉得你不像推销员，反而像伪装成人类的魔鬼。"

推销员说："您应该是在比喻，把我的形象和另一个形象进行类比，认为我这种诱惑普通人去满足物质欲的家伙透露出邪恶的气息。魔鬼是一种宗教文化符号，在很多小说和诗歌里都有原型，比如诱惑夏娃吃下智慧果的魔鬼，比如和浮士德一直纠缠不休的魔鬼，比如去莫斯科考察的魔鬼，他们喜欢自称为'博士'或者'教授'。虽然他们都是魔鬼，但是代表了不同时代的不同创作者的不同想法。不过在任何时代他们都有一个共同点，就是对人类的灵魂感兴趣，总是想买下堕落的灵魂。"

言语说："你的知识很渊博，我随便的抱怨也能引申出这样的长篇大论。"

推销员说："在做推销员之前，我在英国的大学研究冰岛人从信仰奥丁到改信基督的过程，因为遇上金融危机被裁员了。当然，如果要按照我个人的看法，人类有个错误想法，就是认为自己的灵魂非常珍贵，是魔鬼一心想要骗取的，实际上那一文不值，售价高于一枚五分硬币就是欺诈。"

言语说："很有意思的经历。"

推销员说："言归正传，小姐，关于空气过滤器还能再考虑一下吗？"

言语说："谢谢，不需要。"在推销员把脚抽走的间隙，她立刻关门，倚靠着房门缓缓蹲下，凝视着整洁的室内，思考怎样将这里重新弄乱。如同将毛衣拆成线堆需要找到线头，把整洁变成混乱也需要找到一个起点。

咚、咚、咚……又是连续的敲门声，门外的推销员继续说："如果空气过滤器不考虑的话，那么非常可爱的哈士奇犬是否可以考虑呢？"感到无力的言语想要抱住双膝哭泣，在这一刻，世界的其他地方，无论是极昼还是极夜当中都分布着睡着的生物，从一只驯鹿到一条抹香鲸，她想加入它们沉默的队伍当中。

咚、咚、咚……敲门声仍旧在继续，而且变得具有音乐的节奏感。言语想，那个推销员一定会凭借不屈不挠的意志、厚颜无耻的精神以及滔滔不绝的口才成为伟大的推销员的。相隔单薄的门板两人进行对抗，比的是耐心。最终是言语赢了，她抵抗住了代表物质消费浪潮的推销员，不知道过了多久，喧哗终究归于寂静。疲倦的她再次打开门，她看见空荡荡的走廊上，只有一只白色塑料袋忽高忽低地飘动。

光线刺痛了她的皮肤，那提醒她漫长的一天才刚刚开始，她原本觉得自己的生活像平静的鱼缸，现在推销员搅浑了它。因为不知道该如何面对今天剩余的时间，她倚靠着门框，站在"进入"与"离开"的临界点上，看看里面然后又看看外面。这时，室内的电话铃响了，她无动于衷，任由弧形的声波在房子里扩散然后消失。大约五分钟后，因为电话铃声的缘故她感觉过了十分钟，她终于走到电话机前，拿起听筒："喂？请问你是？"

对面传来既熟悉又陌生的声音："你还是老样子，就算站在电话旁边，也会故意拖延很长时间。"

是她很久不见的双胞胎姐姐打来的电话，她感到诧异，两人已经好几年没有联系了。她们对彼此的现状一无所知，只知道对方活在和自己同一个世界的某个地方。言语跟姐姐的关系不好，血缘的纽带给她们更多的是束缚感，倒也不是说很坏，毕竟长大后没有真正为什么事情争吵过。双方都在刻意避免接触，至于原因，多多少少是因为相似的面孔让彼此觉得看见了另一个自己，另一种人生。

思考了一下后，言语才想好该怎么回答："是啊，还是老样子，这样可以筛查那些不重要的电话，只有重要的电话对方才会坚持不懈地一遍遍拨号。"

姐姐说："唔，确实如此。"

言语说："那么，你有什么重要的事情吗？上一次打电话来是告诉我你结婚了，那么这一次是告诉我你离婚了吗？"

姐姐说："让你失望了，没有，我没有离婚。"

言语说："那么是为什么？"

姐姐说："你记得我们小时候经常去的废弃谷仓吗？我们在那里偷偷养了一只瘸腿的猫和一只翅膀受伤的麻雀。"

言语说："记得，我们不该那么做的，最后猫把麻雀吃掉了，它们是食物链上的天敌，无法融洽相处，我们却一厢情愿地想培养它们之间的友谊——或者爱情。不是说好不要再提起这件伤感的事了吗？"

姐姐说："那间谷仓被拆掉了，拔出了钉子，把一根根发霉的木头放在太阳底下。那些家伙在原址上盖了一家修车厂，实在是丑死了。"

言语说："打电话来，就是特意告诉我这个？"

电话另一端是沉默，言语的姐姐在犹豫，过了一会儿她才说："是的，就是为了告诉你这个。"

言语说："不，你是想说你回了一趟小时候住的地方。"

姐姐说："你要这样理解也无不可。"

言语说："那现在是什么样子？"

姐姐说："跟记忆里的模样完全不同。"

言语说："如果那个地方有记忆，你也跟它记忆里的模样不同。"

姐姐说:"是啊,一切都在变化。"

言语说:"如果没有别的事……"

不等言语说完,她的姐姐说:"没有别的事了。"

几秒钟之后,她们同时挂断电话。一通奇怪的电话,但是言语不觉得有什么奇怪的,因为她和姐姐都是奇怪的人。她闭上眼睛,揉了揉右侧的太阳穴,感觉上有什么东西从中间断裂开来,而且再也无法连接。也许即将发生什么她不愿发生的事情,可她无能为力。

她的房间里,光线刚好透过窗户照在她所在的位置,在地面倒映出湖泊般的反光,微生物般密集的灰尘在光线内浮动,似乎在繁殖一个迷离的午后,而她沉浸其中。初春的时候,每天的下午一点阳光会照耀她所在的位置,有的时候她会搬来椅子,准备一本厚厚的书,等待那个时刻的来临。

一周后,同一钟点的同一位置上她同样站在那里,光线摩挲她的头发。这个时候电话又响了起来,和上次一样,她等铃声响了整整五分钟才去接。这次传来的是男人的声音:"喂,你好吗?我们没有见过,也几乎没有听你姐姐说起你的事情。如果没有必要,我也不会打这通电话……"

言语说:"你好,请问有什么事吗?"

对方说:"你姐姐死了,一周前的下午两点左右。"

言语一下子卡住了,无法发出声音,那意味着姐姐是在和自己通完电话后不久死掉的,那天所说的一切是她的遗言。

对方说:"是自杀,她一个人在家的时候关上所有的门窗,用胶布封上漏气的缝隙,打开了煤气阀……"

言语说:"你是她丈夫吗?我记得是一位会计师。"

对方说:"不,我是她情人,一位考古学家。"

言语说:"情人?你知道她为什么那样做吗?"

对方说:"不知道,看上去是无缘由的、无预警的。我现在刚刚参加完她的葬礼,我想你还需要时间让情绪平静下来。是这样的,她死之前给我留了一张字条,希望我把一件东西转交给你。如果可以的话,我们下周约个地方见面……"

言语应该拒绝,让他把东西邮寄过来就可以了,然后挂断电话。

不,言语表现的形象是冷漠但不是冷血。她应该同意,约定时间地点后挂断电话,然后独自默默地啜泣。

沉默片刻后,言语回答:"好的,你知道所在的城市,可以的话我们下周在邮局那里见面……"

约定的那天是个雨天,断断续续的雨吵醒了做着噩梦的言语,她几度拉开窗帘推开窗户欣赏雾霾天空下的雨,伸出手试图掬住雨帘然后收回,有如蜗牛将伸出壳外的触角收回般缓慢。因为下雨,她没有马上出门,选择在家读了十几页《毛衣编织的基础教程》。等雨停了,她才向邮局走去。

她姐姐的情人,那个考古学家伫立在人流中央,他是高个子男人,穿着很普通,黑色皮夹克配白色长裤,没有耳钉、眼镜之类的饰物。额头较宽，单眼皮，笑或不笑都不会出现酒窝，是一个很难猜测内心的男人。考古通常是根据古代人类通过各种活动遗留下来的物质资料，以研究人类古代社会的历史，主要是调查发掘的工作。她感觉这个男人本身就是从某个古玛雅地庙，或是某个古巴比伦深井里发掘出来的。

两人的距离在缩小，可是心理上的距离在扩大。当走到考古学家面前时言语的鞋带松了，她蹲下来系鞋带。考古学家首先说："自我介绍一下，我的职业是考古学家，我会两门外语，粟特语和吐火罗语，都是已经消亡的语言。另外，心情不好的时候我会去超市里捏碎方便面。"

言语说："我没有什么可介绍的，我是你情人的妹妹。我对于你考古学家的身份并不关心，这种人应该整天蹲守在古代遗址，花上几个月时间为找到一块有图案的陶片而兴奋激动，我无法在这种职业和我之间建立关联。"

考古学家从包里取出一个包裹："的确，将我和你联系起来的，是你已经死去的姐姐。这是她让我交给你的。"

言语接过包裹，放进自己的挎包里："谢谢。"

考古学家说："原则上来说，我们的碰面为的就是这个，所以到这里就可以结束……"

言语说："但是出于礼貌和社交习惯，我们还得交谈一会儿才告别，而且交谈的内容自然和我姐姐相关，尽管很多事我早已经知道，还有一些事我不知道可我也不想知道。"

考古学家说："也就是说，你不想知道你姐姐的葬礼细节，也不想知道她跟我是怎样认识的。我觉得你过于镇定了，似乎对亲人的死无动于衷。"

言语说："因为再怎么激烈的情绪表达，都不会改变死亡这一事实，死人不需要葬礼，是活人需要葬礼。"

考古学家保持沉默。

言语说："你似乎在研究我。"

考古学家说："我在学考古之前，是学心理学的，二者很相似，都是在试图挖掘一些深处的东西，地下深处或者记忆深处。简而言之，都是专门找东西的职业，心理学找的是爱一个人的初衷、童年的某件往事或者是犯下罪行的动机……这比找图坦卡蒙的地宫容易。"

他们沿着狭长的街道漫无目的地前行，穿过开放式的游乐园，里面游荡着许多约会的青年男女。卡丁车在相互碰撞，木马在旋转，小型火车在小型铁轨上行驶。这里的游戏并不适合成年人，成年人玩的游戏通常是在相互欺骗的氛围里展开，生与死是最常见的两种结局。远处的摩天轮，当上升到最高点开始下降时运转出现故障，装饰的灯泡在白天发光，如果坐在上面会发现窗外的风景凝固了，远方的天空上一只飘荡的氢气球仍在上升。相信这样的情景，童话小说作者、侦探小说作者甚至恐怖小说作者都可以从自己的角度写些什么，这就像矿井深处戛然而止的电梯。

言语说："我们好像没有目的地，只是在漫无目的地移动。"

考古学家说："不需要目的地，反正我们最终会走入历史，现在崭新的这里迟早会变成废墟，未来的考古学家们会从这里挖掘出巨大的锈蚀严重的摩天轮，甚至挖出我和你的化石。在崭新的游乐园里散步的我们，跟在鼻子完整的狮身人面像旁边，黑人奴隶撑起的鸵鸟毛伞下，吃着从尼罗河畔采集的芦苇嫩秆的年轻法老一样，都存在过，也都会消失，成为历史的一部分。"

言语说："我并不想跟你死在一块儿。"

考古学家说："打个比方而已。"

在游乐园里的两人，无论出现在哪里都会显得格格不入，宛若茫茫雪野上的黑色乌鸦。天气阴沉沉的，马上又要下雨了，原本众多的游客变得稀少，考古学家跟言语提前选择了在屋檐下避雨，准确地说应该是等雨。由于两人与环境色调不同的差异，导致他们忽略了彼此的色调差异，如同沙漠中的蜜蜂与蝴蝶。两个人站在对立的屋檐下面对着面，言语注视着波浪形的石棉瓦，考古学家注视着墙上爬行的蜘蛛。雨落了下来，四周陷入起伏的沙响中，那可以渗透进建筑物也可以渗透进灵魂。言语凝视石棉瓦檐上垂下的雨帘，考古学家凝视正在结网的蜘蛛，一场雨将他们分隔在两个世界里，不，一场雨证明了他们在两个世界里。陷入了潮湿的对立当中，考古学家首先开口："那么，谈谈你的童年可好？"

尽管隔着雨帘，可没有必要提高音量，言语用中指叩击着墙面故意导致石灰皮脱落："我的童年？我的童年住在有院落的旧房子里，父母都是很忙的上班族，平常跟年轻时便死了丈夫的奶奶相处时间比较多。很是寻常的生活，跟每天上下老旧楼梯般平常。记忆最深刻的倒是养过一条狗，怪可爱的家伙，在回忆镜头里，它浮现的次数高于我父母。"

考古学家打断她的叙述："那段时光是不是终结于那条狗的死？相信你为它举行了隆重的葬礼，相信你将其埋葬在院落里的某株树下，某个角落里。另外，我想你的奶奶也大概去世于那时，举行了许多大人披麻戴孝参与的隆重葬礼。因为某种缘故，对你来说狗的死比奶奶的死更重要，在你的回忆镜头里，奶奶一直存在，只是存在于墙角、门外或楼梯下的盲区，显得次要。"

"全对，说是直觉的推测也太不可思议了。"言语深吸一口冷气，混凝土路面上穿雨衣的管理人员经过她与考古学家中间，踏响一个个水洼，"我甚至觉得你的描述补充了我也不记得的往事空白，我姐姐肯定把这一切都告诉你了。"

"别在意这些细节，麻烦继续讲讲自己的少女时期，十二岁到十六岁的阶段。"考古学家用指甲切断蜘蛛刚分泌的丝线，并且残酷地重复这一行为，让蜘蛛陷入一种徒劳状态。

"生活变得跟以前不一样，可以说天翻地覆的变化，频繁地搬家，暖气供应不上的地下室住过，有管家的三层别墅也住过，每次转校后，等刚跟周围的人建立沟通我又要转去另一所学校了。父母也变得经常吵架，最后我的妈妈离开并且再无音信……"仿佛重新经历一次动荡不安的生活，言语伤感起来，觉得那时可以憎恨家长，可现在连憎恨的目标也没有了。

"不幸的往事呢，想必经常会被相处不了多久的同学欺负，起难听的外号吧？这段时间里，熟悉的人物一个个离你而去，无可挽回，包括你那陷入社会上某种灰色关系的父亲。你应当是这一时期学会了骑自行车，也是这一时期迎来了自己的初潮，也是在这段时间学会了吸烟又戒掉了吸烟。"考古学家在屋檐下来回走动，似乎想到言语那一边的屋檐下。

"一点不错，我的父亲死于一场意外，或者说人为的事故中，肯定是因为债务的纠纷。怎么说呢，忐忑流离的时光，跟之前的平静完全两样。"

"可以的话，能否进一步谈谈后面的生活，距离现在最近，可能也是你最陌生的时间。"

"再往后么，就一个人独自谋生了，半工半读的生活。大学的专业是西班牙语，不过后来完全没有派上用场，最终成为了插画作者，给杂志、小说、教科书配上插图的工作。当初为了迎合潮流，也听流行歌手的新歌也看爱来恨去的偶像剧，当然，我本质上还是一个过时的人。也是那时认识的初恋男友，他无预警地闯入我的生活，又无预警地离去。他像是乌鸦，我以为他是飞走的。"言语用手抚弄没有穿孔的耳垂。

乌云清淡了些许，水墨画色调的天空让考古学家有了想飞的愿望："大致明白了，就是说你现在仍旧孤身一人。在即将成年的年纪，跟你有过关系的男孩不止一个吧，当然也不至于有四五个，在两性关系中，是你伤害了他或者说他伤害了你，也可能是撕纸般的互相伤害。此外，你或许经历了长时间的失眠，也是那段时间发现自己对某种植物过敏吧。"

"是的，我现在怀疑你是我生命中最为重要可又完全没有印象的人物，你似乎知道我的全部过往，有些我姐姐不知道的事情你也知道。仿佛拥有一本言语之书可以随心所欲地翻阅，根据目录找到我左右乳房之间的胎记，找到初二时我试图离家出走时抵达的车站，找到连我自己都不认识的某个堂兄……可以的话能否对此进行一下说明？我是十八岁时发现自己对山茶花过敏的。"

考古学家欲言又止，不顾从天而降的冷雨，绕开几处水洼跑到言语那边滋生青苔的石棉瓦下，中间故意踩碎一只瓢虫。跟言语身处于同一屋檐下后，考古学家检查身上的雨斑就像检查弹孔："我学过心理学嘛，利用一个个问题对你的记忆进行发掘，你是一个擅长掩饰情绪的女孩，但是一旦当你将自己包括迷惘在内的一切呈现在我眼前后，也就是说过去种种原因造就的种种结果便一览无遗。只剩下多立克式柱子的、有狐狸出没的残垣断壁在我眼前，我便能看到几千年前镶满黄金与象牙的神庙，几个女祭司在里面祈祷，烧橄榄油的灯火昼夜不熄。我能看到一件结束的事情开始时的样子。

"这是我的才能。但是你的过去简直像是一个模板，一个冷漠女子的流离身世。而且谈起过去的时候，你刻意避开了自己的孪生姐姐。一对身高一样、头发颜色一样、抚摸耳垂的动作都一样的姐妹，很大程度上你们有着共同的过往，但又在那有院落的住所里分出彼此。共有的父母、共有的狗与共有的自行车，即便有差异也微不足道。"

"不是刻意避开，只是觉得小时候的事情，说了我的也就等于说了她的。所以呢，所以你从我和她的往事里找到了什么？"在言语面前，一辆货车在雨中驶过去。

"即便如此，即便有一个如此相似的姐姐，你还是很孤独。"

"或许我天生就是孤独的，很久以前的一张全家福上，包括小狗在内的大家都在笑，只有我在哭。身边的家人掩饰了我这一特质，随着他们一个个离去，现在再拍全家福的话上面只剩下我自己。"

考古学家低下头，想找什么但是没有找到："虽然一开始没有区别，可是随着一次次细微差异的出现，最终你们还是变得截然不同。她有在建筑设计所当会计的丈夫，有患自闭症的儿子，而我则是她的情人。即便你们一个活着一个死去，可依旧能拼出某种完整的东西。也就是说，曾经你和你姐姐共有的过往现在只属于你了。但是与此同时，也没有其他人能证明那确实发生过了，你已彻底孤身一人。"

言语伸出手接雨："自从分开以后，她去了哪里，跟什么人结的婚我一概不知。"

考古学家说："她有一个三岁的孩子，男孩，患有自闭症。在十字路口选择左转就无法右转，同一时间选择进电影院就不能去酒吧，选择拒绝对方的同时也就舍弃了答应对方的可能……在人生的不断分岔中，错过什么的情况一次次发生。也正因为如此，你变成了你，她变成了她。"

远处的摩天轮在雨中终于恢复运作，最高点上的乘客开始往最低点下降。言语蹲下身来，感到痛苦于是用双手捂住小腹："现在，生与死已经将父母都区分不了的我们区分开来。"

考古学家说："能否问一下，你知道你姐姐给你的包裹里装的是什么吗？她没有告诉我，也没有允许我拆开。"

言语说："是我奶奶留下的东西，是不允许拆开的东西，从奶奶的奶奶开始一代代传下来，即便最初有什么特别的意义到了现在也失去了意义。所以我也不知道，我的姐姐也不知道。"

考古学家说："也就是说我是为了谁也不知道是什么的东西，从西半球飞到东半球，从夜晚飞到了白昼？"

言语说："这说明你很在乎她。你们是怎么认识的？"

考古学家说："在飞机上认识的，她坐我旁边，我们闲聊发现彼此都很喜欢一部电影，然后发现彼此都很喜欢海边的沙滩……总之，我们共同点很多而分歧很少……"

言语说："普普通通的相遇。"

考古学家说："并不是每个人都有特别的故事。"

言语点了点头。

"她跟你一样，与周遭的一切格格不入。现在的这种局面，或许在你们从父亲手中选择不同口味的糖果开始就注定了。如果非要追溯到两姐妹产生差异的那一刻，从那开始在人生的分岔中，她选择了你没有选择的城市没有选择的职业没有选择的婚姻没有选择的困境……你或许觉得现在的生活是悲剧，如果有另一个选择那一切都会变好，可是另一种选择可能通向另一种悲剧，也就是你姐姐的悲剧。现在你的孤独，是两生花剪断其中一朵而另一朵得继续生长下去的孤独。"考古学家的语气不断加强，有如黑猫步上螺旋形的楼梯。

嘈杂的惹人心烦意乱的雨差不多得停下了，于是石棉瓦上不再发出错落的声响，雨停下了。

差不多快要到分别的时候了，雨停之后，可以感觉空气中的许多颗粒都沉淀下来。对于旁边的男人，言语觉得陌生与隔阂，无法透过他去窥视自己的姐姐。在言语迷茫的瞳孔中，倒映的一切都显得模糊，似乎沾染了一层雾气。她抚摸自己的耳垂："是啊，另一种人生就是另一种悲剧。"

考古学家说："我感到歉疚。正是你姐姐选择下嫁的冷漠丈夫，选择生下的自闭症儿子，选择交往的怪异情人……正是这一切罗网般束缚她，导致了她的自杀。没有勇气阻止妻子搞外遇的丈夫，跟不敢要求和恋人结婚的情人，两个懦夫愿意过那种畸形的没有变化风险的生活，但是处在中间的她最终不能忍受。她选择的是缓慢的自我毁灭。重复她的道路你将重演她已经落幕的悲剧，区别只在自杀的地点与方式。"

言语说："你似乎把我当成了另一个她，想要通过阻止我走向某种悲剧，来缓和没有能阻止她走向悲剧的愧疚感。"

考古学家说："是啊，如果——在你已经不记得的遥远过往，在童年时期的院落里，两姐妹围绕梧桐树捉迷藏的时候，交换了身份并且再也没有换回去，双胞胎搞错了身份，就跟国际象棋棋盘上的两只白马交换位置一样分辨不出。你原本是姐姐，而她原本是妹妹，为了游戏你们交换了彼此的外套……"

言语闭上眼睛："也就是说她是我而我是她喽？"

考古学家说："某种意义上是的，也就是说你们都走上本不属于自己的人生道路。"

言语说："那么说到现在为止的一切都是错误的？"

考古学家说："不，你们两姐妹作为双胞胎降生而非一个人降生，原本就是命运安排的两种可能，本该变成截然不同的人，根据自己的意志选择未来，并不是你错过了属于她的一切，是你在经过思索后舍弃了属于她的一切。你们是为了分歧而非为了一致降生的，她选择了在命运的十字路口左转选择了死亡，你就应该在命运的十字路口右转选择继续活着。"

伪情感小说 一

　　一切刚刚开始，她仍在沉眠，与外部世界中断了联系，就像是拔掉了插头的电器。她的睡眠处于缓慢的动态中，可以比较前一刻与后一刻的区别，虽然差异很是细微。睡着的似乎不只是她，还包括家具在内的其他所有事物——仿佛有遥控器对这一切按下了暂停键。她将会在不久后醒来，现在继续等待，等待她睁开迷离的眼睛，抚弄右耳耳垂，褪下裙式睡衣，拉开巨大的柏木衣柜，经过无意义的挑选与犹豫后换上时尚的女装，面对新的一天。

　　目前她安然地侧身稳睡，洁白光滑的肩头裸露在外，呼吸与心跳都非常正常。这里是一间从内部上锁的密室，琳琅满目的摆设使人无法一目了然。那个钟摆静止着的塔楼形时钟，是经过细致的观察后最容易厌恶的东西，那是这里最为丑陋的部分，让人恐惧。从左往右，以一点为轴心保持匀速三百六十度旋转，以专业精神审视一切。依次看到浅蓝色的阻挡光线的窗帘，挨着天花板的长方形风管式空调，出于潜意识的安全感侧身面向门那一边的女人，上面放有台灯跟书架的书桌及一把转椅，黑白电影的海报。

　　一小时后，世界彼端的海岬上再次迎来一波灰白色海浪的冲击，企鹅在上面登陆。她坐在床沿，认为自己已经醒来半个钟头，刚刚想起了自己的名字——言语，同时想起了自己的职业——插画作者。她也想了起来，她应该在今天上午去和男朋友见面，地点是一家白天也营业的酒吧。言语呈现出不知所措的侧面，模棱两可的神情既像是悲哀也像是欢欣。她坐在床沿上单手抚摸着余温未散的白色床单，依旧裸露着一边肩头。她想要进一步移动，可是找不到理由，连折叠满是褶皱的洁白棉被都没有勇气，更别说去拉开浅蓝色窗帘了。

　　观察每一件摆设的位置，在经历了漫长的相对静止后她害怕首先移动，希望桌面上的圆珠笔连续略微移动，落到地面，这样自己就可以有理由去捡起。有重要的事情想做，但是想不起来了。

　　她感到恐惧，她害怕在白色瓷砖间的缝隙里找出不属于自己的头发，害怕在圆形门把手上找到不属于自己的指纹，害怕在衣柜里找到不属于自己的内衣。出现这些情况意味着——当自己在睡梦中从左侧转身向右侧的时候，也许有谁将锉好的万能钥匙插入锁芯，转动门把手，然后将外面多得足以堵塞交通的男性黑影放入室内。他们会以聚焦灯对准自己，就像对准舞台中央的演员。他们携带可以折叠的椅子，围绕床榻有如洋葱切面般一层层往外排列，整齐有序。彼此交头接耳地窃窃私语，对她的睡眠进行学术交流，认真地观察她睡眠中的缓慢变化，并且用碳水笔做笔记。一声关于童年的梦呓，一次睫毛掀起的动静都会引起经久不息的热烈掌声。相反，偶尔出现的磨牙，很少发生并且很快结束的打鼾，则会引发此起彼伏的嘘声跟倒竖大拇指的行为。

当然，言语真正恐惧的是有谁掌握了自己头脑的钥匙，并且将其打开，将一个个西装革履并且搬了折椅的男性黑影放进自己充满断层的梦中，参观自己的美梦与噩梦，了解自己的欲望与恐惧——并且写下有色情含义的笔记。

她检查了电话座机，发现没有未接电话，似乎当她睡着的那一刻，与外界的关联就被截断。眼下为了缓解头痛，她将白色睡裙流利地褪在地板上，这没有鸟类褪换羽毛那么困难。她赤身裸体地走进浴室，没有顺手关门，打开热水器进行淋浴。水流动的声音持续不断，蒸汽在镜子上凝结了一层雾气，她用手擦了擦，比较了头发长度的变化，食指抵住髋骨，回头凝视镜中自己洁白的背部，并非出于自恋，她只是对自己感到陌生而已。

洗完澡以后，她走到衣柜前，穿上米色大衣跟黑色保暖棉裤，再围了一条几乎垂至地面的粉红色围巾。她想到了首先要做的事情，说出醒后的第一句话："我饿了，需要吃东西。"

打开冰箱门，发现根本没有挑选食物的机会，分三层的小型冰箱里，只找到两颗大蒜头、一根变黄的芹菜和豆豉鱼罐头里残留的豆豉。即使重新找一遍，也只是多找到一颗冻结在底层的樱桃。但她还是很高兴，因为醒来之后的种种烦恼都找到了一个合情合理的解释——饥饿，越来越严重的饥饿。环顾四周，整洁的室内充满了不可吃的东西，沙发不是面包，时钟不是火腿，玻璃不是冰糖。

仿佛正常生活中断了很长时间，形容这段时间似乎只能是一片空白，然而她隐约觉得自己依旧在梦中生活着，那并非仅仅是不着边际的幻想性片段，那是一种预感，一种强烈的自我暗示。也就是说，在醒来之后言语认为自己应该去实现梦中发生的事情。她梦见了一个穿黑色夹克以及黑色长裤的侦探。

言语走到阳台上，现在是二十世纪的下半叶，春天，温度为3℃～5℃的某日。她看见残留于地面的污雪仍未融化，所有的事情都在有秩序地发生，没有偏离自己的轨道。她住在第五层，从阳台上眺望可以看到相当遥远的地方。一楼门口的垃圾桶每天都会被定时清理，洒水车每天同一时间经过公寓前的道路——总是弄湿行人的裤子，而电视新闻播放着看上去跟以往不同，可实质上没有不同的新闻。或许一切都在周而复始的循环中。

在走下螺旋形的楼梯到达室外后，面对辽阔的世界她有点不知所措，距离任何想要抵达的地方都是那么遥远。她遭遇了短暂的晕眩，仿佛干冷的空气从孔隙渗入灵魂，她用手捂住胸口，屏住呼吸忍住突然从骨骼深处涌出的泡沫状疼痛。落叶和塑料袋在她身边飘过，没有停留，继续飘向苍白的视线尽头。

感觉几分钟过去了，可实际上没有，因为屏住呼吸的她还没有感觉窒息，像涨潮一般的疼痛终于到了退去的时刻。她继续前行，抵达百米外的公交车站牌下时松了一口，仿佛是完成了一场从北极到南极的迁徙。

因为需要转车，她搭上212路公共汽车接着在六站以后的地方下车，那儿的空气弥漫着一股不健康的油炸食品气味。这一站是动物园站，她认为在那道需要买票才能进入的围墙后面，是关着各种动物的监狱，它们都被判处无期徒刑并且不得假释，终身得面对着栅栏外的游客。站在挂着医院广告的灯箱旁她四下张望，目光努力收集着什么，一个上班族模样的男人一边接近她，一边用纸巾擦去鼻涕随手一扔，他问言语："请问一下，你是在等117路车吗？"

言语皱起眉头："不是，我在等226路车。"

男人转过身，拉好外套的拉链以后再转回："悄悄地告诉你一声，我是一只犀牛。"

言语说："犀牛？莫非是那种鼻子上有角，皮肤上满是褶皱，视力也不好的大型食草动物？"

男人略微点头："正是，而且是出生在非洲的血统纯正的白犀牛，有两只角和大脑袋，喜欢吃草，喜欢犀牛鸟。"

言语说："抱歉，就个人喜好而言，我更喜欢长颈鹿。"

男人说："长颈鹿兄是我的邻居，是从不喧哗的绅士，吃东西慢条斯理，走路的样子也优雅，只是每到下雨天就跟我抱怨颈椎病犯了。我们关系密切，毕竟都是非洲同乡。比起它来，我的另一位同乡鬣狗兄脾气就坏多了，对谁都大吼大叫，实在没有礼貌……"

言语从口袋里掏出口红，但是想到待会儿要吃东西，于是又放了回去："如果我身上没有什么可疑之处的话，你应该去搭讪其他女孩了吧。"

男人有点泄气："你不相信？"

言语说："毕竟这让人难以置信。"

男人说："千真万确，我刚刚从动物园逃出来。那就是一座监狱，我就是越狱者，因为实在是受不了每天被一双双冷漠的眼睛盯着，观看我怎么睡觉怎么吃东西甚至怎么求爱，一点儿隐私都没有。所以今天早上我穿上外套，梳理好头发，趁别人不注意逃了出来，他们发现以后肯定会来抓我的，想必你能够理解我的心情吧。"

言语说："我有男朋友了。"

117路汽车来了，缓慢地停靠在路边，男人等车门打开："行——行。现在我也该走了，我要回非洲去，那里只有旱季和雨季。我老是梦见那里万里无云的天空下无边无际的草原，炎热的光线扭曲了空气，而我的犀牛同胞们在有鳄鱼的河湾里洗澡，裹上阴凉的泥浆……那么再见，有机会来非洲找我。"

言语看着他上车说："再见……"

等117路公共汽车消失在视线尽头，言语看见从动物园正门里开出一辆小型货车，上面站着几个一脸严肃的手里拿着麻醉枪的员工，他们像是要去抓什么大型动物似的。但是言语并不关心，她等226路车靠停后上车，坐在靠窗的位置欣赏路边的街景。

言语抵达同时也是餐厅的酒吧，比和男友约定的时间晚了五分钟，这是一种刻意的迟到。

进去的时候不小心让玻璃门夹住了围巾，她不得不重复一次开关门的动作。室内的情景一目了然，布着一张巨大渔网的天花板下，物件的摆设很是用心，让人很难随心所欲地沿直线从这里走到那里。她走过排列好的酒桶型椅子，通过一缕光线观察空气中的灰尘含量，她喜欢整洁的环境。在吧台前，年老的老板用抹布一圈圈擦拭托盘，他面前整齐排列着八只低脚酒杯，除去几只已经空了的，剩下的杯子里都是近乎满溢的伏特加，它们如多米诺骨牌般依次排列。

偌大的空间里客人寥寥无几，寂静——偶尔有椅子挪动，就会引起在场的所有人注意。只消一眼，言语就确定自己的男友不在这里。她从木架上取下一份薄薄的菜单，她在吧台前坐下并且打开菜单。她的手指轻快地一页页翻过，最后在老板将托盘放回原位时打个响指，她说："你好，请给我来两份培根意大利面、两份牛奶布丁、两份芦笋汤、两份水果沙拉。"

老板说："好的，你要在这里等谁吗？"

言语说："是的，请快一些，我饿坏了。"

老板说："没问题——这是等男朋友？"

言语点点头表示默认。

老板敲着打字机的按键打出消费单，看一下手表后从面前举起一只低脚杯一饮而尽，然后从收银机里取出一沓整钞，离开吧台到龙骨形的拱门后转身进入走廊，打开一盏不容易被注意的蓝色灯。接下来言语可以隐约听到机械密码转动的声音。由于人很少，她选择在靠近吧台的长桌旁坐下，而不是选择双人桌。

关于自己的男友，在言语的印象中他是一个中等身高中等相貌中等收入的男人，最大的特点就是没有特点。他每周一三五穿黑色西装打浅褐色领带，二四穿棕色西装打蓝色领带，双休日则视天气而定。他以往很守时，按时上下班，按时吃药睡觉，按时去看她，她有时会觉得他是钟表般精确的机器人，每一个步骤都经过了非常精确的计算。当他睡着的时候，头贴在他胸口的言语可以听到规律的心跳，但是并不温暖，更像是抱着人偶。很难说爱他，也很难说不爱他，言语的感觉介于二者之间的过渡地带，因为模糊所以不冷不热。

但就是这样一个男人，现在迟到了。

言语用叉子将一小块猕猴桃送进嘴里时，她的男友已经迟到半小时，她看着瓷碗里切割成同一种几何形状的水果，白色的牛奶并不能把它们同化。细腻地咀嚼着，能分辨的不是味道，而是温度，它们太冷了。她拨动叉子，想要把自己讨厌的麦片挑开，但是总是有遗漏。

这时，另一个人进入酒吧，首先摘下帽子挂到桅杆样式的架子上，那是个二十岁出头的年轻男人，嘴角有颗浅浅的黑痣。言语觉得那张面孔似曾相识，当然，是跟记忆中的许多张面孔相似，也就是说从这个男人身上，她可以看出与某电视演员相似的眉毛，与某中学老师一致的眼神，与楼下邻居差不多的下唇……许多人的特征相重叠，反而无法下定论说他像谁了。或许，关于正在缓缓走近吧台的男人，其他人也会有这样的看法，所有人都能从他身上找到旧日相识的影子，他是一个与周围能兼容的人。或许某头斑马看到他，也会从他身上发现其和自己同类的一致之处。

他的行为显得拘谨，但并非是唯唯诺诺的那种类型。他在言语旁边坐下，再问她："不好意思，我可以坐这儿？"

若有所思的言语单手在桌面支撑着下巴，另一只手正拿着叉子卷起意大利面条："请便。"

他的目光落在吧台中央一架无人弹奏的钢琴上："谢谢。"然后拿过菜单扫视一遍，只要了一杯啤酒，他问老板，"你们这里有专门的钢琴师？"

老板说："没有，都是音乐学校的学生，他们缺钱的时候会来做几周的临时工，所以没必要专门请钢琴师，就价格来说太不划算了。最近是个快毕业的学生来弹的，他现在在上课，要到傍晚才上班。"

那个男人从口袋里掏出一张名片放在吧台上："恰巧我也学过钢琴，如果没人手的时候可以给我打电话，我觉得自己适合这份工作。如果允许的话，我现在就可以试试弹几支曲子。"

老板将面前空的低脚杯收走，拿起名片看了一眼："不妨试试，若是其他人我是不会答应的，但是你的耳朵让我想起了小时候的玩伴，他在发洪水的时候去游泳，不幸淹死了，现在想起来甚是伤感。"

男人喝掉三分之一杯的啤酒，然后走到钢琴边坐下，对吧台的方向说："多谢。"他弹了三支曲子，分别是德彪西的《浮标》、舒伯特的《鳟鱼》，还有门德尔松的《春之歌》，中规中矩的水准，没有出差错也没有让人惊叹的表现。老板点了点头："如果你愿意拿和那些学生一样的工钱，那下周四就可以来上班。"

"那再好不过。"男人的手放在几个黑白键上，发出无序的杂音，他站了起来重新回到言语旁边的座位，又喝了三分之一杯的啤酒。他跟老板又闲聊了一会儿，直到厨师来找老板，让他去厨房看看瓦斯问题。男人看着老板的背影，转过身来对言语说："还没有自我介绍呢，我叫白海鸥，目前是钢琴师。"

"奇怪的名字。"言语呷了一口芦笋汤，她吃东西有条不紊，让别人觉得优雅，酱汁不会滴落，咀嚼不会露出牙齿，完成吞咽后的间隙里才说话，食物一点点消失有如落叶沉入水中般平静。她说："我叫言语。"

白海鸥说："也是奇怪的名字，彼此彼此。"

言语说："你是来这里找工作的吗？"

白海鸥说："并非如此，我和女朋友约定在这里见面。"

言语说："彼此彼此，我和男朋友约定在这里见面。"

白海鸥说："她已经迟到了。"

言语说："他也已经迟到了。"

两个人不约而同地耸了耸肩膀，白海鸥喝了三分之一杯啤酒，这下杯子终于见底。言语突然停了下来，她透过前面的反光物看到了后面的反光物里自己和白海鸥的背影。她说："你的头发和裤腿怎么是湿的，还沾着泥点？"

白海鸥说："出门的时候碰上了暴雨，还刮着季风，许多人的雨伞直接被吹上了天空，现在可能已经到了很远的地方。所以我才如此狼狈，从一处屋檐下到另一处屋檐下，不停找避雨的地方，很不容易才到达这里的。"

言语说："我出门的时候风很弱，没有下雨，看得到一些残留的污雪，一些杨树枝已经长出了新芽——也就是说，我跟你似乎来自不同的世界遭遇了不同的天气，然后在这间酒吧相遇。"

白海鸥又看了一下那架无人弹奏的钢琴，就像看着一艘无人驾驶的宇宙飞船飘往陨石带。他说："或许，我们原本置身于不同宇宙的不同时间段，是由于黑洞的死亡导致了这次会面。"

"在假设中，所有的想法都可以成立。"言语说，"现在，我能确信的是你现在置身于此，至于其他，我连你的名字是否真实都不能肯定。不知道你从哪里来也不知道你要去哪里，在我跟你相处的此刻，双方的过去和未来都可以像小说一般虚构。"

白海鸥说："像是电影中的奇遇。"

言语说："对，像是电影中的奇遇。"

可以听见远处的细微声音，可能是警笛声。两个人在同一时刻找不到新的话题，于是陷入沉默，白天的酒吧有着一种独特的气氛，很容易让人出现错觉。偶尔会看到其他人看不到的存在，言语看到了一只企鹅从窗户爬入，脚蹼在甲板图案的地板上摇摆走动，碰倒了一个空的啤酒瓶，它绕开那些桌脚，往走廊那里走去。白海鸥又一次盯着钢琴，这次看到了一只手按下一个琴键。

在等待迟到的男（女）朋友的此刻，言语和白海鸥都还不确定应该如何对待身边的陌生人，处于微妙的僵局中。

终于，言语又找到了新的话题："刚才你说自己'目前'是钢琴师，那么是否在说不久前你从事别的职业，或者说不久后会从事别的职业？"

白海鸥说："你对语言真是敏感，不错，在做钢琴师之前我是处方医生，在做处方医生以前我是数学老师，在做数学老师之前我是冷库管理员，在做冷库管理员之前，我是画家……我做过很多工作，专业水准就像我的钢琴水准——中规中矩，不会出差错也不会超额完成。可能是因为我的性格像候鸟般喜欢迁徙，所以每份工作都干不久，总是得找新工作。"

言语说："你有没有注意到，很多人第一次见你，都会觉得你像是自己的某个故人。我现在又发现，你的眼睛像我叔叔的眼睛。"

白海鸥耸耸肩膀："可能我具备镜子的特质，无论是谁看到我，都可以看到从我身上反射出的自己的一段过往，对我来说，这倒不算与周围协调的能力。因为有人会莫名其妙地对我有好感，也会有人莫名其妙地对我有恶意。"

整个酒吧空间里，只有两个声音起伏的话，会像一艘失事的潜水艇，终究会沦落至沉默的境地，这是必须改变的情况。

的确，现状必须改变。

虽然还是上午，其他形形色色的人物开始陆续出现，周围开始嘈杂起来。

白海鸥说："你有兄弟姐妹吗？"

言语说："有一个双胞胎姐姐。"

白海鸥说："你们关系怎么样？"

言语说："只知道她现在嫁给了某个男人，生活在东欧某个国家，养着某条宾利犬。"

白海鸥说："相当生疏的关系哪……"

言语转移话题："现在几点了？"

白海鸥看了一下手上的表说："上午十点三十分。"

言语说："看样子我的男朋友今天不会来了。"

白海鸥说："看样子我的女朋友今天也不会来了。"

自然而然地，他们谈起了自己的男（女）朋友，描述两个人的职业、性格以及其他，非常详细，像是描述男女朋友这两个物种的百科。但是他们几乎没有提起自己和恋人之间发生过的事情，只是潜意识认为那没什么值得一说，无非是一些日常琐事而已。如果有第三者在场，会察觉到一丝怪异，就是他们的描述中性客观，像是科学考察报告，从任何人的角度看都会那样认为。可感情是一种主观的事情，已经参与其中的恋人不需要客观。

当言语把目光转向白海鸥，她观赏他的侧面，似乎因为观察角度的不同他也变得不同。她已经厌倦了等待，可是除了等待以外她也不知道该做什么，她并不埋怨迟到的男友，因为一开始没有所谓的期待，所以也就不会有所谓的失望。她想，男友迟到的理由或许是他作为一部精确的机器，出了无法维修的故障。

相邻的两人谈到了一部盗贼电影，话题莫名其妙地转到了如果要像电影里的雌雄大盗那样盗窃这家酒吧，该采取怎样的步骤。

言语设计的A方案是等到深夜，去关掉电闸切断电源，制造一场停电，然后等老板来检查线路时将其击昏，取得保险柜的钥匙跟吧台下抽屉的钥匙。吧台下抽屉里的笔记本里记录了保险柜密码，这样，在电源恢复前，偷走钞票——擦去指纹——放回钥匙，完成连环的步骤。

白海鸥设计的B方案是在某个隐蔽的角落点火，触发烟雾警报器报警，等老板到达火源附近将其击昏。在慌乱的情形下，其他步骤跟A方案相同。

双方共同想出的C方案是等到打烊，在老板回家路上将其击昏，然后夺走钥匙……总之，不幸的老板无论在哪个方案中都会被击昏，不省人事。当然，他们不会选择其中任何一种方案，假设仅仅是假设。白海鸥又要了一杯啤酒，然后用夹子一块又一块往里面放冰块，凝视液体内部的泡泡上浮然后消散，直到即将满溢的时候才停下。他和她都明白，无论彼此谈论多么不着边际的话题，都改变不了自己的孤独和惆怅。

一个中年女人走过吧台，可以看出她曾经很漂亮，她问言语洗手间在什么位置，言语给她指出方向。在道谢后她准备离开，可是像卡住了似的，反复审视白海鸥的侧面几遍后说："很不好意思，年轻人，光看你的后背将你错认成我那去年去世的丈夫了。"

正准备喝三分之一杯啤酒的白海鸥差点呛到，他说："我表示遗憾。"

等中年女人离开后，言语忽然说："从小到大，跟那么多人在某一部分上相似，会不会给你带来很多困扰？"

白海鸥说："困扰么，多多少少还是有的，总是在街上被人从背后拍一下肩膀，然后对方会说——不好意思，认错人了。有段时间，我充当了身边人怀旧的机器，她们从我身上缅怀过往，我也不好抗拒。"

言语说："是男性的'他们'还是女性的'她们'？"

白海鸥说："女性的'她们'。"

言语说："啊，我明白了。"

白海鸥说："你有没有发现，这里的人都在说谎？"

言语说："'这里'指的是？"

白海鸥说："可以指我们所在的酒吧，也可以指我们所在的星球，总之包括你我在内。"

言语说："何以见得？"

白海鸥说："比如刚才你问我时间，我告诉你是上午十点三十分，可实际上那时是上午十点二十九分。"

言语说："这有区别吗？"

白海鸥说："有区别的，相似并不意味着等于。说谎有的时候不是为了隐瞒什么，甚至不含意义。因为真实需要强调精确，只有机器才能做到。而人类喜欢暧昧，而这种模糊必然产生许多类似的谎话。"

言语说："那么从碰面到现在你肯定说了很多谎话。"

白海鸥说："不包括正在说的这个的话，十六个谎话吧。"

言语说："怪人。"

漫长的等待快结束了，并非被等待的人终于到来，而是等待的人终于不再等待。作为初次见面的陌生人，言语和白海鸥觉得这样的相处也不坏，对于两个人来说继续交谈到酒吧打烊也无不可。他们这样想，但是这种感觉并没有强烈到让他们这样说。最终，两个人互相道别，也没有留下联系方式。白海鸥把杯子像望远镜一般举起，透过玻璃观看扭曲的世界："说来奇怪，明明是初次见面，按照小说的套路故事应该刚刚开始，可是我有种一切即将结束的伤感。"

言语把之前解下的围巾重新绕上，不以为然地说："我也有同感。"

她说谎了，但是连自己也没有察觉。

整间酒吧宛若在蓝色海洋上漂流着的帆船，实际上无人驾驶，正无目的地漂向未知。上面的多数人毫无知觉地继续原本的交谈，只有少数人发觉了异常。大家在互相欺骗跟隐瞒，在这里唯一可以相信的就是其他人不可信任。一条虚假信息掩盖了另一条虚假信息，为了享受泡沫化的文明，人们在语言制造的迷宫里寻找并不存在的出口。

一种微妙的连锁反应在人与人之间蔓延，老板从刚才开始就一直用抹布擦同一件瓷盘，也许陷入了某种恶性循环当中，他正在试图回忆某件往事，他的目光流露出迷惘的神情。几个正在谈生意的商务人员中的一个来到吧台要了一整箱香蕉牌啤酒，老板因为心不在焉，叫服务员给他们搬了一箱樱桃牌啤酒过去，结果得重新搬一次。在来回的过程中服务生不小心碰了一旁9号桌上的高脚杯，杯中的深红色液体泼洒出来溅到一位女性客人的裙子上。服务员反复鞠躬道歉，但是她并没有听进去，她既没有原谅也没有追究对方，踩着高跟鞋往洗手间去。留在原地的是不知所措的服务生，以及缓慢流动浸透了一整张面巾纸的深红色液体。她走到水池前对着镜子尽量擦拭污渍，然后打上洗手液反复搓手，有如戏剧中的麦克白夫人，苦恼的表情让人觉得她是沾染了洗不掉的鲜血。等回到酒吧，因为9号桌上的杂物已经被清理，前面原来坐着的言语和白海鸥已经走了，周围人来人往，失去了记忆中的标记后她显得不知所措，最终坐在8号桌旁。而这一系列琐屑的事情，是由于酒吧老板的忘记某件忘记也无所谓的事情引起的。在场的人越多可能性就越多，没有人能掌握这里的全部变量，这里的事情就会朝着不可预料的方向发展下去。

不需要移动位置，作为孤立的视角，跟这里一切的相对距离逐渐扩大，一切像浸入水中的照片正在变得模糊，这部已经有了一个结局的小说即将迎来另一个结局。当然，这一次卢鱼和言语感觉不到异样。言语眼中的开始其实是一切的结束，这可以怪罪于非直线叙事的结构，也就是可以怪罪于神经兮兮的作者。卢鱼和言语，他们作为小说角色从各自的开头出发，在共同的结尾相遇。

有时候事实不止一种，答案也不止一个，怀疑自己有双重人格的作者也不能绝对地支配小说。两种倾向会为细节表达而争执，最终达成一种妥协，由此衍生出的结果并不总在预料之中。作者依靠文字建构了小说，当小说完成一种可能性的表达，也就意味着舍弃了其他的可能性。卢鱼和言语的选择是在推动乏味的小说情节，在两个人相遇的时刻，在那场狭窄的冷雨中，他们原则上拥有选择，可实际上他们别无选择。每当读者重新阅读时，都是命运重复的开始，在记忆中建构出一种暂时的永恒。无限多次的回眸可以改变对同一株曼陀罗的印象，而性质类似于冰的记忆，会永久封存花瓣飘落的一刹那。

2019.10.24 周四阴

附录 另一种阅读方式

好的，现在读者您已经穿过这片文字的密林，按照正常阅读方式来到这里的您若是对小说的另一可能有兴趣的话，可以看看另一种阅读方式：

图书在版编目（CIP）数据

幽灵备忘录 / 王陌书著. -- 成都：四川文艺出版

社, 2021.3

　ISBN 978-7-5411-5850-6

　Ⅰ.①幽… Ⅱ.①王… Ⅲ.①长篇小说－中国－当代

Ⅳ.①I247.5

中国版本图书馆CIP数据核字(2021)第015971号

本书中文简体版权归属于银杏树下（北京）图书有限责任公司，并由其授权出版。

YOULING BEIWANGLU

幽灵备忘录

王陌书 著

出 品 人	张庆宁
选题策划	后浪出版公司
出版统筹	吴兴元
编辑统筹	朱 岳　梅天明
责任编辑	陈雪媛
特约编辑	孙皖豫
装帧设计	Changxin
装帧制造	墨白空间
营销推广	ONEBOOK
责任校对	汪 平

出版发行　四川文艺出版社（成都市槐树街2号）
网　　址　www.scwys.com
电　　话　028-86259287（发行部）　028-86259303（编辑部）
传　　真　028-86259306

邮购地址　成都市槐树街2号四川文艺出版社邮购部　610031
印　　刷　北京汇林印务有限公司
成品尺寸　143mm×210mm　　　　　　开　本　32开
印　　张　7　　　　　　　　　　　　字　数　140千字
版　　次　2021年3月第一版　　　　　印　次　2021年3月第一次印刷
书　　号　ISBN 978-7-5411-5850-6
定　　价　42.00元